マドンナメイト文庫

ふたりの同級生と隣のお姉さんが奴隷になった冬休み

竹内けん

目次

contents

ふたりの同級生と隣のお姉さんが奴隷になった冬休み

第一章　楽園を蹂躙するモンスター

「へぇ〜、史晶ってば、今日から冬休み中、ずっと独り暮らしなんだ」

十二月の暮れ。二見高校終業式の日だった。

窓の外は曇天で、粉雪がパラパラと舞っている。

もっとも、二年三組の教室内は石油ストーブのおかげで快適だった。

次の授業が始まるまでの休み時間。自席に着いていた田代史晶は、先生が来室するのを待ちながら、隣の席の女子と雑談をしている。

「まぁな。親父のやつが海外出張することになって、母親もついていった」

「史晶はなんで連れていってもらえなかったの？」

キャピキャピとした声を出しているのは、左の席にいる櫻田香織だ。

二見高校の冬季用女子制服である紺色のブレザーと白いブラウス、首元に赤いリボンタイ。紺色の襞スカートに、膝下までの白い靴下、学校規定の上履きを穿いている。

健康的で、端正といっていい顔立ちだ。それでいて、表情が豊かなために気取った感じはなく親しみやすい。髪は少し脱色させて、左右を赤いリボンで縛っている。いわゆるツインテールだ。

女にしては平均的な身長であるが、動きはキビキビとしていて力強い。手足はスラリと長いのだが、身体の厚みは薄かった。端的にいえば、貧乳だ。

年齢を考慮すれば、まだ諦めるのは早いかもしれないが、過度な期待もできないだろう。

チアリーディング部に所属していて、夏の青空の下、運動部などの応援に出向いては、黄色いボンボンを振り回しながら、長い足を豪快に振り上げていたさまは印象的だった。

「櫻田のやつは、顔もスタイルも性格も悪くないんだが、胸だけは残念なんだよなぁ」

惜しい女、というのが男子たちの総評である。

性格は明るく元気。悪く言えばうざい。女子高生らしい女子高生といえるだろう。

お洒落(しゃれ)にも敏感なようだが、陽気すぎて色気をまったく感じさせない。もっとも、それゆえに気楽に友だち付き合いのできる女だ。

「面倒臭いし、受験勉強があるからって留守番させてもらうことにした。冬休みは独り暮らしを堪能できるぜ」

高校生男子ならば、両親のいない生活というのは、だれもが一度は夢見る理想の生活であろう。

解放感を全身で表そうと、史晶は両腕を頭上で組んで大きく伸びをした。

「一人で大丈夫？　史晶、寂しくて泣いちゃうんじゃない？」

「泣かねぇよ」

吐き捨てる史晶に、今度は前列の席の少女が、両足を右側に向けて振り返ってきた。

「ごはんは大丈夫なの？」

箸が転がっても笑うお年頃にしては落ち着いた声だ。髪は墨汁で染めたかのように真っ黒で、背中の半ばまであった。左右のもみ上げも顎に届く。

頬のふっくらとした丸顔で、目が大きく、黒目も大きい。白い肌は大福餅を連想させるような質感で、見るからに柔らかそうだ。そのため、どこか日本人形を連想させる。

身長は女子高生の平均より低いが姿勢はよく、胸元には意外といい物をお持ちだ。

寒がりなのか、ジャケットの内側に灰色のスクールセーターを着て、下半身には黒タイツを穿いている。足元はもちろん、学校規定の上履きだ。

彼女の名前は、堀川葉月という。書道部に所属している。

表情の変化の乏しい真面目娘で、おとなしい性格だ。日本の古きよきお嬢様。大和撫子とたとえるのがぴったりくる。

「ガキじゃないんだし、どうにでもなるさ」

強がった史晶の返答に、左の席の香織が口を横に広げたうざい表情で覗き込んでくる。

「あ、コンビニ弁当で済ますつもりでしょ。栄養偏るわよ」

「べ、別にいいだろ」

図星を指されて、史晶はいささかふてくされる。

「来年は糖分の取りすぎで、ものすごくデブになった田代くんと再会できそうね」

前の席の葉月にジト目で宣言されて、史晶は吠える。

「おまえらの中で、俺の評価はどうなっているんだ。別に寂しくねぇし、太りもしねぇよ」

そうこうしているうちに教師が入ってきて授業を開始したので、雑談は終了した。

史晶、香織、葉月の三人は、特別に親しい関係ではない。

出身中学校は違うし、趣味も性格もバラバラだ。高校二年になり、たまたま同じ教室になって席が近くになったから、こういう余暇に雑談する程度の関係である。

香織はチアリーディング部の美人として、男子の間ではそこそこ有名で、史晶もその姿を遠くから見たことがあった。

葉月は、一年生の文化祭における書道部の出し物で、集団で巨大な和紙に執筆するパフォーマンスしていたのを見たことがある。十人あまりの女の子の中でも一種独特な雰囲気が印象的だった。

とはいえ、同じクラスとなり、近くの席にならなければ、お互い知り合うことはおろか、言葉も交わすこともなかっただろう。

それでも半年以上も隣席していれば、親近感を持つようにはなる。ただし、それだけだ。特段に恋愛感情は持っていなかった。

もちろん、嫌いではないが、好きでもない。おそらく、三年生となりクラスが変わったら、もう廊下であっても挨拶もしなくなる。その程度の関係ではないだろうか。

(まぁ、二人とも美人でかわいいけど、告白とかしたら面倒臭いことになりそうだしな)

史晶は、もちろん童貞だが、女に対する執着はそれほどなかった。それよりも自分の時間のほうが大事である。読みたい本も、遊びたいゲームもたくさんあった。時間はいくらあっても足りないのだ。

(今日から、うるさい親はいない。学校も休みになる。早く帰って一日中ゲーム三昧だ。溜まっていたゲームソフトを片っ端からクリアしてやるぞ)

疑似独り暮らし体験の始まりにウキウキしているうちに時間は流れる。ホームルームで先生のしてくださったありがたい訓示を聞き流したところで、史晶の高校二年生の二学期は終了した。

「それじゃ、いい年を。また来年ね」

「またな」

クラスメイトと年の瀬の挨拶をしながら史晶が帰宅の準備をしていると、ツインテール娘の香織から呼び止められる。

「史晶〜、遊びにいってあげようか？」

「はぁ？　なんで」

戸惑う史晶に、香織本人はかわいいと思っていそうな笑顔で応じる。

「だって寂しいでしょ」

きた。

「だから、別に寂しくねぇよ」

史晶が素っ気ない返事をした直後、香織は右手を伸ばすと、史晶の頬を引っ張って
「あたしみたいな美少女が、家に遊びに行ってあげると言っているんだよ。素直に喜びな」

「いてて、自分で美少女っていうやつは信用できねぇ」

香織の手を振り払ったところに、前の席で帰り支度をしていた葉月が両手で学生カバンを持って立ち上がり、振り返った。

「櫻田さんが行くなら、わたしも行きたい」

「えっ」

ビリッ！

史晶以外の、室内に残っていた男女が思わずどよめき、のけぞった。

香織と葉月の間に、雷鳴が走ったことを、視覚以外のもので感じたのだ。

そんな張りつめた空気のなか、白い頬を紅潮させた葉月は、妙に緊張した顔でカバンを握りしめる。

「ご、ごはん、作りにいってあげる」

「お、おう」

香織の軽さと逆に、葉月の言葉は重い。

(なんというか、断りづらいな)

陽気な香織ならば軽いノリであしらえるのだが、真面目な葉月相手だとそうもいかない。

とっさにどう返事をしたものか戸惑っていると、香織が史晶の背中をバンバンと叩いてきた。

「女子が自宅に行って手料理を作ってあげようといっているのよ。ここは感激するところでしょ。感涙(かんるい)にむせび泣きなさいよ」

「はいはい、わかった。わかりました。お願いします」

断るのも面倒臭くなった史晶は、やけっぱちに応じた。

「よし、堀川さん、行くわよ。料理、わたしも手伝うから」

「はい。気合いを入れて作りましょう」

盛り上がる女友達をよそに、史晶はため息をつく。

「別に来てもかまわねぇけど、俺んちに来ても、なにも面白いことはないぞ」

「面白い面白くないは、こっちで決めるわ、ね〜、堀川さん」

「ええ、田代くんの家、楽しみです」

盛り上がるクラスメイトの女子二人を引き連れて、けだるそうな史晶は教室を出る。

直後に教室に残っていた男女は騒然となった。

「うわ〜、修羅場……」

「まさに決戦ね。当の本人が自覚してないのが恐ろしい」

「来年、どうなっているのかしら？」

そんなクラスメイトの慄き（おのの）など知らぬ史晶たちは校舎を出た。

ツインテールの香織は臙脂（えんじ）色のハーフコートを着て、黄色いマフラーを首元に巻き、そして、葡萄色の五指の手袋をつけている。

黒髪ロングの葉月は紺色のダッフルコートを着て、赤地に緑のチェックの入ったマフラーを首元に巻き、親指だけ別で、四指は同じ袋に入るケーブル編みニットミトンの手袋をはめていた。

そんな美少女二人を従えて歩きながら、史晶は内心でため息をつく。

（あぁ、今日からゲーム三昧の予定だったんだがなぁ。まぁ、一日ぐらい我慢するしかねぇか。こいつらも夕飯を食ったら帰るだろうしな）

街はすっかりクリスマス一色だ。

史晶の左隣を歩きながら、香織が口を開く。

「史晶は、クリスマスの予定あるの？」

「あるわけねぇだろ」

なげやりな史晶の返答に、香織はやれやれと言いたげな表情で肩を竦める。

「家族はなし、彼女もなし、まさにクリボッチね。可哀そう」

「うるせぇな。おまえだって同じようなものだろ」

史晶の決めつけに、ない胸を反らした香織はどや顔で応じる。

「あたしは当然、クリスマスの予定は埋まっているわよ」

「へ、へぇ～」

こいつ彼氏持ちだったのか。まぁ、美人だしな。

別に残念ではない。しかし、心臓が少しだけキュッと締めつけられたことは事実だ。

息を飲む史晶に、香織は得意げな顔を近づける。

「先輩に頼まれて、クリスマスの期間だけ、そこのケーキ屋さんでアルバイトするんだよ」

「お、おう」

香織が指したのは、いかにも女子が好みそうなお洒落なケーキ屋さんだった。

「ねぇ、びっくりした？　あたしが彼氏持ちだと思ってびっくりした？」

「いや、おまえに彼氏がいようといまいとどうでもいいし」

「にひひ、そういうことにしてあげる」

前に出た香織は両腕を広げて嬉しそうにクルクルと回る。無駄に元気な娘だ。

「わたしも……」

史晶の右隣の葉月が、重々しく口を開いた。

「お、おう」

いや、おまえに恋人いないのはわかっているから、無理に自分の傷をえぐらなくていい、と史晶がいたたまれない気分になる。

しかし、葉月の言わんとしていることは違った。

「部活のメンバーで、正月は神社のバイトすることになった」

それを香織が聞きとがめた。

「えっ、巫女（みこ）さん？　堀川さん、巫女さんやるの？」

「うん」

恥ずかしそうに頷（うなず）いたあと、大きな目の葉月は史晶の顔をじっと見上げてくる。

「甘酒、タダで振る舞われるって。よかったら来て」

「行く行く、絶対行く。絶対に堀川さんの巫女姿見にいく〜」

誘われてない香織が元気いっぱいに応じる。

「なんでおまえが返事しているんだ」

「だって行くでしょ。巫女さんだよ、巫女さん、堀川さんの巫女姿絶対にかわいいって。史晶、いっしょに初詣（はつもうで）に行こう」

「お、おう」

史晶の冬休みソロライフ計画は、またも軌道修正を余儀なくされてしまったようである。

（うまくいかねぇもんだなぁ）

史晶の内心の嘆きをよそに、三人はバスに乗る。

二人掛けの椅子に史晶は独りで座り、その背後に香織と葉月が並んで座った。

香織が、急に後頭部を突っついてくる。

「史晶の家の近くにスーパーある？」

「そりゃあるが」

苛立たしげに応じる史晶に、葉月が申し訳なさそうに答える。

「夕飯のオカズを買わないといけない」

「ああ、そうか」

「堀川さん、なに作る？」

元気な香織とは逆に、葉月は小さな声で答える。

「寒いし、鍋物がいいと思う」

「そうね、あ、史晶の家って、土鍋ある？」

「ある」

どこにあるかは知らないが、母親の料理で鍋がでたことはあるからあるのだろう。

「それじゃ、お鍋に決まりね」

史晶の家の最寄りのバス停で降りると、三人は近所のスーパーに向かった。

大根やら、シラタキやら、シュンギクやら、豚肉やら、牡蠣（かき）やら、豆腐やら、ニンジンやら、女子二人は相談しながら素材を選んでいる。

（いや、商品棚に並んでいる食材に鮮度の違いなんてないと思うんだがな）

買い物に熱中している女子たちの後ろを、カートを押しながら史晶は所在なくついていく。

（ああ、無駄に時間が溶けていく。つーか、葉月はともかく、香織に料理なんてできるのか？　頼むから人間の食えるものを出してくれよ）

好き嫌いのないつもりの史晶であったが、一抹の不安を拭(ぬぐ)いきれない。

レジでは史晶のクレジットカードで払った。もちろん、家を留守にする親から預かった家族カードである。

山のように買われた食材は、史晶が持つことになった。

よたよたしながらも、なんとか帰宅する。

*

「へぇ〜、ここが田代くんのおうちなんだ。おっき〜」

史晶の家の玄関先で、葉月が感嘆の声をあげた。

悪戯(いたずら)っぽい笑みを浮かべた香織は、史晶の胸元を肘で突っついてくる。

「史晶って、もしかしていいとこの坊ちゃん」

「んわけねぇだろ。しがないサラリーマンの家庭だよ」

ただし、海外出張を任されるくらいだ。エリートサラリーマンで、収入は悪くないのだろう。

子供の贔屓(ひいき)目で見ても、普通よりも裕福そうな家庭環境ではある。

史晶が鍵をあけて中に入った。

「まぁ、上がれよ」

香織と葉月は、恐るおそる続く。

「お邪魔しま〜す」

「失礼します」

玄関先で行儀よく挨拶した二人は、靴を脱ぐ。

香織は白い靴下。葉月は黒いタイツで、廊下に足を下ろす。

「温かい!?」

驚く葉月に、史晶が答える。

「ああ、床暖房だからな」

「うわ、金持ち」

香織は呆れ顔で嫌味をいう。

床暖房のおかげで、母屋内は暖房器具などなくとも常春(とこはる)のように過ごせる。

史晶は食材を台所に持っていった。

「あと土鍋だったな。たぶん、この辺に……あった。これでいいのか?」

食器棚の下の扉をあけて、女どもの要望に応えてやる。

香織は意見を言わずに、葉月を見た。

「十分だと思います」

「じゃ、史晶は適当に休んでいて。あたしたちでちゃちゃっと料理してあげるから」

史晶は台所を追われ、残った女子高生二人は制服に、おそらく学校の家庭科実習のときに使うと思われるエプロンと三角頭巾(ずきん)をつけて料理を始めた。

(漫画やアニメみたいに爆発とかしないだろうな)

居間のソファに座った史晶は甚(はなは)だ不安であったが、さすがは女子というべきか、二人は協力して、意外と手際よく料理をしている。

おもに仕事をしているのは葉月。香織は指示に従って補佐をしているようだ。

「はい、できた。あとは食べる前に温めるだけね」

一時間もしないうちに、香織が完成の声をあげた。

「でも、夕食にはまだ早いですよね」

葉月が時計を確認する。まだ五時過ぎであった。

「そうだね。どうやって時間を潰そうか?」

不意に香織が、居間で見る気もないテレビを見ているふりをしていた家主を呼んだ。

「ねぇ、史晶、家の中、見て回っていい?」

「ああ、好きにしろ」

さらに葉月が追従した。

「田代くんの部屋ってどこ？　二階？」

「ああ」

香織と葉月は顔を見合わせると、なにやら意味深な笑みを浮かべて頷き合って、即座に階段を上がっていった。

「ん？」

本能的に嫌な予感がした史晶はついていく。

先に上がったのは香織、次いで葉月。史晶の目の前には制服の襞スカートに包まれた女尻がくる。

（うむ、葉月の尻は逆ハート型なんだな）

身体が小柄なだけに小さめなのだが、安産型のようである。黒いタイツに包まれた足は凹凸に恵まれており、特に脹脛（ふくらはぎ）はむっちりとして柔らかそうだ。

（黒いせいか、あんころ餅みたいに甘そうだな）

美味しそうな足を眺めた史晶が、齧（かじ）りついたときの味を想像しているうちに、先に上がった香織が指し示す。

「ここ?」

「ああ」

香織はためらいなく、史晶の部屋に押し入ると、あたりを見渡す。

学習机が一つ、寝台が一つ、本棚にはライトノベルズと漫画が並び、液晶テレビには家庭用ゲーム機がセットされている。

「へぇ〜、ここが田代くんの部屋なんだ。意外と普通」

「うん、普通」

女の子たちの期待に添えなかった史晶は、呆れながら頭を掻く。

「そりゃ普通だろ。どんな部屋を想像していたんだよ」

「このあたりかなぁ」

唐突に腹這いになった香織は、ベッドの下に右腕を入れて探りだした。

「って、いきなりなにしているんだ?」

短い襞スカートが捲れて、いまにも香織の小さく引き締まった尻が露呈しそうになり、史晶は慌てる。

「ちっ、ハズレか」

腕を引っ込めた香織は舌打ちをして、改めて室内をグルリと見渡す。

「となると隠し場所は……堀川さん、クローゼットよ」

「はい」

葉月がクローゼットを開けようとしたので、史晶は驚く。

「あ、おい。ちょっとまて」

慌てて阻止しようとした史晶は、背後から香織に羽交い絞めにされた。

「当たりっぽい。堀川隊員、徹底的に捜索せよ！」

「ラジャー！」

香織のノリに応じた葉月は軽く敬礼して、クローゼットを開き内部を漁る。

「な、なんの遊びだよ」

暴れる史晶の腰に、香織の両足が回った。

女子の体重というのも案外重いものだ。史晶はたまらず尻もちをつく。

男子と女子では腕力が違う。本気で振り払おうと思えば、できないことはないのだが、女子に暴力を振るうのは男子としてためらわれる。

まして、背中にむにっとした感覚が当たっていた。

(っ!? こいつ、貧乳の癖に……ないわけではないんだな)

制服越しに見ているだけでは大きさの感じられない胸元だったが、押しつけられるいサガというものだろう。

と意外な存在感だ。それを意識すると、動けなくなってしまうのは、童貞少年の悲しいサガというものだろう。

ほどなくしてクローゼットの中から、葉月の報告がきた。

「隊長、発見しました」

「よくやった。ただちに証拠を押収しなさい」

「うわぁぁ」

史晶の断末魔の叫びをよそに、葉月がクローゼットから姿をあらわす。

その両手にあるのは、雑誌だった。女の人の健康的な裸体の写真が多数掲載されている。それが三冊ほど、床に並べられた。

この世の地獄を見たような顔をしている史晶には、もはや抵抗の気力はない。それを察した香織は拘束を解いて、押収物に這い寄った。

「やっぱ男の子の部屋にはあるわよね〜」

「田代くんって草食系男子だと思っていたのに……」

女の子たちの冷めた会話が、地獄に落ちている男子の胸をえぐる。

思春期の男子にとって、女子に一番見られたくないもの。それは部屋に隠してあるエロ本であろう。

いたたまれない史晶の見守るなか、香織は雑誌を開いた。

「うわ、エッチぃ～～～」

「へぇー、田代くんってこういう女性が好みだったんだー」

棒読みの葉月の言い方に、言い知れぬ軽蔑を感じる。

読書をしながら二人の女子高生は、生命力が著しく低下している男子高生の顔をチラチラと窺う。

「いや、好みというかなんというか……」

床に腰を抜かした史晶の全身から、ダラダラとかつて感じたことのない不快な汗が滝のように流れていた。

そんな瀕死の男友だちに向かって雑誌を拡げた葉月は、セクシーダイナマイトお姉さんの写真を指差しながら質問してくる。

「田代くんって巨乳が好きなの？」

「べ、別に」

視線を逸らす史晶の左側に座った香織が、同じように雑誌を拡げてスレンダー美人を指差す。

「綺麗系もけっこうあるわよ。おっぱい大きいのと、小さいの、どっちが好みなの？」

「いや、おっぱいに貴賤はないというか……そんなのどうでもいいだろ」

クラスメイトの女子たちと見るエロ本とか、生きた心地がしない。

（勘弁してください……）

土下座して泣きながら謝罪したい気分の史晶であったが、香織は追及を緩めない。

人差し指で史晶の頬をグリグリと押してくる。

「よくないわよ。史晶が、巨乳好きかどうかは重大な問題なのよ」

「はい。大問題です」

黒目がちの葉月も真顔で詰め寄ってくる。

（なんなんだ、こいつら、鬼か？）

追い詰められた生き地獄に喘ぐ史晶のもとに、さらなる地獄の鬼がやってきた。

唐突に、部屋の扉が開いたのだ。

「っ⁉」

三人は驚いて顔をあげる。

そこには背がスラリと高く、艶やかな黒髪にウェーブパーマをかけた華やかな美貌のお姉さんが立っていた。

小さな顔に、白蠟のような肌。顔にはナチュラルメイクが施されていて、目はぱっちりと大きく、唇は鮮やかに赤い。

タートルネックの白い縦縞セーターにフェルトのスリムパンツ、足元は素足だった。年のころは二十歳前後。女子高生とは違う、完成された女体美だ。

腹部は両手で握れるのではないかと思えるほどに細く、首筋や手足は細く長い。それでいて、頭は小さい。おそらく八頭身。長い脚は身体の半分以上あった。全体に細身なのに、なぜか胸元だけはぐんっと前方に飛び出している。マネキンか、ファッション雑誌のモデルでもしていそうな、かなりとんでもないスタイルの美人だ。

彼女の登場には、同級生の男子をからかってはしゃいでいた女子高生二人も度肝を抜かれている。

史晶がこの状況で会いたくない人ランキングを作ったら、ぶっちぎりの一位になる女性だった。

「レ、レオナお姉ちゃん……」

蒼くなった史晶を見た香織と葉月は顔を見合わせ、慌てて居住まいをただす。

「田代くんのお姉さんですか？」

「は、はじめまして」

香織と葉月はほとんど土下座でもするかのように、頭を下げる。

モデル体型のスタイリッシュ美人は、形のいい紅唇にそっと右手の人差し指を添えて、軽く小首を傾（かし）げる。

「史晶くんの彼女？　二人も。二股はダメよ」

「いや、違う！　違います！　違うんです！」

史晶は誤解を解くべく、三人を紹介することにした。

「この二人は学校のクラスメイトで、櫻田香織と堀川葉月。で、こちらは隣に住んでいる木村（きむら）莉緒奈さん。二見大に通っている大学生」

莉緒奈と書いて「れおな」と読む。ライオンという意味で、中国語表記なのだとか。

こういう名前の付け方をするということは、もしかしたら大陸系の血でも入っているのかもしれない。

本当のところは知らないが、とにかく日本人離れしたスタイルのよさと美貌であることはたしかだ。まるで中国ドラマにでてくる女優のようである。

事情を了解した莉緒奈は、にっこりと破顔した。それはまるで花が咲き誇るかのように艶やかだ。

「な～んだ、ご両親が不在になったから、さっそく彼女を二人も連れ込んだのかと思ってびっくりしちゃった」

「ま、まさか……」

史晶は頬を引きつらせながら笑う。

隣のお姉さんというが、生まれたときから知っているだけに、史晶にとって、実姉に近いものがある。子供のころはいっしょにお風呂に入れてもらったこともあった。認めたくはないが、初恋の人である。

「それにしても、レオナお姉ちゃんがなんでここに？」

「留守の間、史晶くんのことを頼むわねって、田代のオバサンに頼まれたのよ。夕ご飯を作ってあげようかなって思って、なにか食べたいものないか聞きにきたの」

香織が元気いっぱいに右手をあげた。

「あ、それならあたしたちが鍋の用意をしました」

「はい。あとは温めるだけです」

女子高生二人を見下ろして、莉緒奈の目尻がニヤリと下がる。

（あ、いまレオナお姉ちゃん、なにか悪企みをしましたね。絶対によからぬことを考えたでしょ）

付き合いが長いだけに、彼女の正体を知っている史晶は戦慄する。

この玲瓏たる美人は、史晶をからかって遊ぶという、非常にたちの悪い趣味を持っていた。わざと抱きついてきたり、セクシーな下着を見せたりして、童貞少年が動揺するさまを見て喜ぶ、という悪女気質なのだ。

「そっか……。わたしもお相伴に与ってもいいかしら？」

「ぜひ」

「どうぞ、どうぞ」

圧倒的な美貌に気圧されたのか、香織と葉月はヨイショするかのように招き入れる。

(これはやばい。香織と葉月だけでも持て余していたのに、大ボスが混じった)

頭を抱える史晶をよそに、莉緒奈は床に広げられた雑誌に興味を示す。

「ありがとう。ところで、三人でなにを見ていたの？」

「いっ⁉」

史晶は息を飲み、香織はエロ本をかざした。

「あ、これですか？　史晶のお宝です」

「木村さんもいっしょに見ますか？」

真顔で葉月が促す。

「うふふ、それは面白そうね」

下手(へた)に美人なだけに、莉緒奈は意地悪な笑みがよく似合う。

かくして、三人の美女美少女は、男子高生の秘蔵の書籍を中心に置いて車座になると、楽しげに歓談を始めた。

「あ、このモデルの人、木村さんに似ている」

香織が指し示したセクシー女優を、莉緒奈が覗き込む。

「あらあら、そうかしら？」

同じように覗き込んだ葉月が首を横に振る。

「でも、このモデルさんよりも、木村さんのほうが断然に美人だと思います」

「まぁ、嬉しいことを言ってくれるわね。ああ、わたしのことはレオナって呼んでくれていいわよ。わたしも二人のことを香織ちゃん、葉月ちゃんと呼ぶし」

「わかりました。莉緒奈さん」

次第に打ち解けていく女たちの会話を聞いていて、史晶の生命力はゴリゴリと削られていくのを感じる。

（やめて、もう許して。なに、この生き地獄。もう、帰りたいって、ここ、俺の家で、俺の部屋だけど……）

部屋の隅で正座をした史晶は、蛇を前にしたガマのように大量の脂汗を流していた。

ふいに葉月が時計を見る。

「もう六時ですね。そろそろ夕ご飯の支度をしましょう」

青少年のガラスの矜持を徹底的に破壊しつくした女たちは、エロ本を残して史晶の部屋を出ると、階段を下りていった。

(……ああ、死んだ)

独り部屋に残った史晶が真っ白に燃え尽きていると、階下から香織の元気な呼び声が聞こえてきた。

「史晶、鍋、温まったわよ」

「はぁ〜」

諦めの吐息を一つした史晶は立ち上がり、ふらふらと階段を下りる。

リビングルームには、制服姿の女子高生二人と、カジュアルな装いの超絶美人女子大生がいて、ダイニングテーブルには大きな土鍋が置かれていた。

恐ろしく華やかな光景である。

(これで中身が、普通だったらなぁ)

秘蔵のエロ本を批評された史晶は、心が折れていて泣きたくなった。

「さぁ、冷めないうちにいただきましょう」

ダイニングテーブルに史晶と莉緒奈が並んで座り、史晶の向かいに香織、その横に葉月が座る。

おそらく、小皿や箸などは莉緒奈が手配してくれたのだろう。彼女とは家族ぐるみの付き合いだから、食器の位置なども把握されている。

「牡蠣鍋か、いいわね」

ポン酢の入った小皿に具を入れて、莉緒奈は口に含む。

「おいしい。二人とも料理上手(じょうず)ね」

「ありがとうございます」

「頑張りました」

香織と葉月が元気に応じる。

「わたし、料理とかさっぱりだから羨ましいわ。さぁ、史晶くんも遠慮しないで食べなさい。せっかくかわいいガールフレンドが二人で手料理を振る舞ってくれたのよ」

「は、はい」

正直、食欲のなかった史晶だが、鍋の具をポン酢に付けて食べた。

「……」

黙々と食べ進める史晶に、莉緒奈が促す。

「感想は?」

「……美味いです」

平凡といえば、平凡な鍋だった。とはいえ、奇をてらわなかったおかげで普通に美味い。

「もうちょっと気の利いた感想を言いなさいよ」

「寒い日には鍋がいいですね」

死んだ目の史晶が言い直すと、莉緒奈は肩を竦める。

「ごめんね。不愛想なやつで」

「いえいえ」

「それにしても、まさか史晶くんがこんなモテモテだとは知らなかったわ」

莉緒奈の感想を、香織は慌てて否定する。

「ち、違います。誤解ですから。史晶が独りだと寂しいっていうから、仕方なくです」

「わたしも、田代くんがご飯をどうしようというから」

目を泳がせながら必死に嘘をついているクラスメイトたちを、史晶は放置することにした。

「うふふ、そういうことにしてあげる」

全部わかっているわよ、といいたげな魔女的な笑みを浮かべて受け入れた莉緒奈は、箸で牡蠣を摘まんでしげしげと眺める。

「これって、よく見ると女のあれに似ているわよね」

「ぶっ」

史晶には意味がわからなかったが、女子高生二人はいっせいにむせかえった。

莉緒奈は視線を牡蠣から、動揺している年下の娘たちの顔に移動させる。

「あなたたちのこれも、濡れぬれになっているんじゃない。大好きな男の子の家に上がって」

「な、なななな、なにをいっているんですか!?」

顔を真っ赤にした香織は、動揺もあらわに叫ぶ。

史晶は聞こえないふりをする。そうなのだ。この超絶美人お姉さんは、その見た目に反して、超セクハラ体質なのである。

異性に目覚めてからというもの、その被害にあいつづけている史晶は慣れっこであった。

「うふふ、女同士だもん、女の気持ちはわかっちゃうわよ～ん」

女子大生のお姉さんは上から目線で、女子高生二人をからかうが、香織も負けてはいなかった。

「そりゃ、女子大生はやりまくりだって言いますもんね」

「あら、最近は女子高生のほうがすごいって聞くわよ」

香織と莉緒奈の視線が正対し、見かねた葉月が仲裁する。

「や、やめましょう。食事中にそういう話は」

莉緒奈は視線を転じる。

「そういえば、おとなしい女の子のほうが、実は危ないって言うわよ」

「それは賛成かも。堀川さんって耳年増だもんね」

女たちの華やかな言葉の剣戟を聞き流しながら、史晶は黙々と食事を続けた。

(聞こえない。俺にはなにも聞こえない。美少女は純真なんだ。綺麗なお姉さんは聖女のような性格なんだ。少なくともゲームやアニメだとそういうことになっている)

食べるだけ食べた史晶は、意味不明な女たちの争いから逃げ出した。

(なんなんだ、このカオスな空間は)

地雷原から脱出した安堵心とともに、トイレの扉を開く。

「……っ！」

なんと葉月がいた。

いつの間にか、彼女もまた女子たちのセクハラ口論から逃げ出していたようだ。

黒タイツを膝下まで下ろして、白いショーツはその中にある。

白いむっちりとした太腿の付け根には、黒い陰毛が茂っていて、そこから棒状の液体が滝となって流れ落ちていた。

ジョー……。

なかなか景気のいい水音だ。

「ひっ」

放尿を続けたまま顔を真っ赤にした葉月は、口元を両手で抑え、見開いた大きな目元に涙を浮かべる。

「あ、ごめん」

我に返った史晶は、慌てて扉を閉めた。

(こ、これが噂にきくラッキースケべってやつか)

ドキドキドキドキ……。

なんとか動悸をなだめた史晶は、次に取るべき行動を決める。

(とにかく堀川さんに謝らないと)

しばし待っていると、扉が開き葉月が出てきた。

「……」

硬直する葉月に、史晶は頭を下げる。

「さっきはごめん」

「べ、別に、トイレのカギをちゃんと締めなかったわたしも悪いし……」

「そ、そっか……」

なんとか事なきを得た史晶は、葉月とともに居間に戻った。

「いや〜、莉緒奈さんって面白いですね。わたしもお姉さんと呼びたくなっちゃう」

「香織ちゃんもなかなかよ。妹ができたみたい」

なぜか香織と莉緒奈は、意気投合していた。

「いや〜食べた食べた」

セクハラ発言をしまくって場をさんざんにかき混ぜた莉緒奈は、いったい、その細身のどこに入るのだ、と首を傾げたくなる健啖家ぶりを示して腹をさする。

「おいしかったわよ。二人ともやるわね」

「お粗末さまでした」

「お口にあったみたいでよかったです」

莉緒奈は時計を見る。

「あなたたちまだ帰るには早いわね。せっかく来たんだし、もう少し遊んでいくんでしょ」

「それは……」

香織と葉月は、横目で窺いながら返答に困っているようだ。莉緒奈が促す。

「ねぇ、史晶くん、なにか遊ぶものないの？」

「遊ぶといってもな。テレビゲームぐらいしかないぞ」

「それじゃ、それやってみましょ」

ということで史晶の部屋にあったテレビゲーム機を居間に持ってきて、巨大な液晶テレビにセッティングする。

ファミリー向けで、正月などに親戚などが集まるとやるような定番ゲームだ。

ワイワイ盛り上がるにはちょうどいいゲームで、とりあえず総当たり戦をしてみる。

当然のように史晶が圧勝だった。

「くぅ〜、悔しいぃぃ」

莉緒奈がコントローラーを振り上げて嘆く。

「仕方ないだろ。俺が持っているゲームだぞ」

「それじゃハンデをつけましょう。ハンデ」

「まぁ、いいけど……」

史晶が同意すると同時に、莉緒奈は史晶の背後に座り、そして、両足で史晶の腰を挟むと抱きついてきた。

「ちょ、ちょっとなにやっているんだよ」

「だからハンデよ、ハンデ。こうしたら、史晶くんの集中力が落ちるでしょ」

背中に意図的に乳房を押しつけながら、莉緒奈が耳元で囁いてきたので、史晶はムキになって応じる。

「こんなことで、俺は集中力を乱したりはしない」

「うわ、言ったわね。香織ちゃん、葉月ちゃん、史晶くんにはもっとハンデが必要みたいよ」

ニヤついた笑みの莉緒奈に促されて、香織と葉月は顔を見合わせる。

「それじゃ、あたしたちも」

悪戯っぽい笑みを浮かべた香織が、右手を伸ばすと史晶の内腿に人差し指を添えて、クルクルと円を描いた。

「おまえら、ゲームするんじゃなかったのかよ」

動揺して叫ぶ史晶に、莉緒奈は嘯く。

「ゲームはしているじゃない。ほら、葉月ちゃんも」

「え、ええ、でも、どうしたら？」

戸惑う葉月に、莉緒奈がアドバイスする。

「葉月ちゃんの魅力はおっぱいでしょ」

「え、ええ、そ、それじゃ……」

葉月は制服のジャケットを開くと、灰色のセーターをたくし上げた。そして、白いブラウスの胸元のボタンを外す。

白いブラジャーに包まれた胸元の谷間が見えた。

「これでいいですか？」

史晶の目は釘づけになる。これには命じた莉緒奈も呆れた。

「うわ、やっぱり真面目な子はすごいわ。いきなりおっぱい見せちゃうとか」

「……」

史晶の視線が葉月の胸元に釘づけになっていることに、香織がむっとする。

「史晶、史晶、こっち見て」

いわれて視線を向けると、床に女の子座りになっていた香織が、制服の襞スカートを摘まんでめくっていた。

細いが健康的な太腿の奥に、水色のパンティが覗く。

「ぶっ、ゲホンゲホン」

あまりの光景に史晶は咳き込んでしまった。莉緒奈は手を叩いて喜ぶ。

「香織ちゃんもやる～♪　次は葉月ちゃんの番ね。どうする？　どうする？」

「田代くん、これ」

香織のパンティに視線を吸い寄せられていた史晶であったが、葉月に呼ばれて改めて視線を向けた。そこでは白いブラジャーのカップがたくし上げられて、ピンクの大粒の乳首が露出している。

「うぐっ」

目を剝いた史晶は、息を飲む。

「あはは、いいわね。これぞ女の戦いよ。さあ、次は香織ちゃんの攻撃ターンよ」

史晶を抱きしめたまま、陽気な女子大生は世慣れない女子高生たちを煽り立てる。

「くっ」

香織は悔しげに呻（うめ）く。

スレンダー美人の香織が、童顔巨乳美少女の葉月に張り合って乳房を見せたところで、負けにいくようなものだ。

同じ土俵に乗ってはいけない。そういう結論に達したのだろう。香織はすっくと立ち上がると、史晶の前に立って背中を向けた。

そして、前かがみになると、襞スカートをめくったのだ。

水色のパンティに包まれた小尻が、史晶の鼻先にくる。

「いいわ、さっすがわたしの認めた子。根性あるわね」

莉緒奈が歓声をあげる。

鼻先の光景を、史晶は至近距離から凝視した。

薄い生地越しに浮かんだ性器の凹凸や、ポツンと変色した染みを見ることができる。

「さて、次は葉月ちゃん。負けてられないわよね。もっとすごいことやらないと」

「で、でも……」

香織の豪快すぎる技に、葉月は硬直してしまっている。

それ以上のことを思いつかないのだろう。

そこで莉緒奈がまたも、よけいな知恵をつけてやる。

「香織ちゃん以上といったら、もうあれしかないわね。オマ×コ見せちゃいなさい」

「えっ」

葉月が硬直する。香織もそれはさすがに、それはないといった顔をした。

しかし、葉月は決然とした顔で頷き立ち上がる。

「わかりました。一度も二度も同じだし……」

「えっ!?」

葉月の返答に、香織、莉緒奈、そして史晶が驚愕する。

「オマ×コ、史晶に見せたことがあるの？」

詰め寄る香織に、葉月は赤面しながら頷く。

「さっきトイレで見られちゃいました……」

「いや、あれは偶然で！」

動転する史晶をよそに、香織の右側に立って尻を突き出した葉月は、襞スカートをたくし上げると、黒いパンストに包まれた尻を露呈させる。黒い布越しに白いパンティが見えた。

軽く震えた葉月は、両手で黒タイツの腰回りを摑むと、パンティもろともに太腿の半ばまで引き下ろす。

「っ」

むっちりとした柔らかそうな安産型の臀部が、史晶の鼻先にきた。

思わずのけぞるが、莉緒奈の柔らかいロケットおっぱいに阻まれて逃げられない。

「あたしだって！」

対抗心を燃やした香織もまた、水色のパンティを太腿の半ばまで引き下ろした。

ツーと透明な糸がひいて切れた。

きゅっと吊り上がった健康的な小尻があらわとなる。

「……」

息が詰まる史晶の後ろで、莉緒奈は大喜びだ。

「すっごい、二人とも綺麗なお尻ね。ねぇ、史晶はどっちのお尻が好みなの？」

「はぁ……はぁ……はぁ……」

史晶は目を大きく見開いて、眼球を左右にグルグルと動かしている。

香織の陰毛は薄い。ポワンポワンとしている。葉月の陰毛は頭髪と同じように筆毛に似ていた。

「うふふ、どお、はじめて生オマ×コを見た感想は？　史晶くんの秘蔵のコレクションでは、ここにモザイクかかっていたわよね」

「……」

史晶は返事のできる状態ではない。クラスメイト女子たちの秘密の花園を前に、頭の中が真っ白だ。代わって莉緒奈が促す。

「二人とも、ここまでしちゃったんだし、オマ×コをぐいっと開いて、処女膜見せちゃいなさい。男って処女膜を見ると喜ぶわよ」

人生の先輩に促されて、瞳孔がグルグルと渦巻くほどに混乱状態になっている女子高生二人は、自らの股に両手を入れて、肉裂をぐいっと開いた。

くぱぁ〜。

史晶の鼻先で、空気の温度と湿度が上がった気がした。

肉貝の中にぽっかりとした穴があり、その肉穴に吸い込まれるような錯覚に陥る。

目を凝らすと乳白色の膜まで見えた気がした。

硬直している史晶に代わって、その背後から莉緒奈が解説する。

「香織ちゃんの処女膜は半月型の穴が開いているわ。葉月ちゃんの処女膜は猫の目みたいに縦長の穴になっている。二人ともとっても綺麗よ。史晶くん、どっちの膜をやぶりたい」

「そ、それはぁぁぁぁぁ」

ビクビクビクビク。

莉緒奈の腕の中で硬直していた史晶の身体が激しく痙攣した。

「あれ？」

困惑顔の莉緒奈が史晶の股間を見下ろすと、まるで失禁したかのように濡れていた。

「あ、もしかして……出ちゃった？」

その言葉が合図であったかのように、暴走していた少女たちは我に返ったようだ。

気まずい空気のなか、いそいそとパンティを上げる。

「あたし、そろそろ帰る」

「失礼します」

顔を真っ赤にした女子高生たちは、いたたまれないといったようすで、そそくさと逃げるように田代邸を出ていった。

「あらあら、悪乗りしすぎちゃったかしら？」

苦笑しながら莉緒奈もまた、史晶の背中から離れて立ち上がる。

「それじゃ、わたしも帰るけど、史晶くん、ちゃんとお風呂に入って寝るのよ」

莉緒奈もいなくなり、呆然と腰を抜かす史晶のみがリビングに残った。

これが、史晶の夢の独り暮らしの始まりであった。

第二章　甘美なトリプルアタック

ぴんぽ〜ん。

冬休みの初日、史晶が寝台で安眠を貪(むさぼ)っていると、階下からチャイムの音が聞こえてきた。

(うるせーな……って、だれもいないのか)

ふだんなら母親に応対してもらっているところなのだろうが、現在、家にいるのは自分だけだ。

宅急便か、集金か、回覧板か、なんだかわからないが、気づいてしまったのに無視するのは罪悪感を覚える。

両親が帰宅したときに留守番もまともにできないのか、とバカにされるのも癪(しゃく)に障(さわ)るので、しぶしぶ寝台を抜け出した史晶は、寝ぼけ眼(まなこ)で階段を下りて玄関の扉をあけた。

「おはようございます」

玄関先で、丁寧に頭を下げたのはニット帽をかぶった小柄な少女だった。

ニット帽の左右からでたもみあげは、墨汁で染め抜いたように黒く、顎にかかるほどに長い。大福餅のような柔らかそうで白い肌が印象的だ。

幾何学模様のついた青いポンチョをまとい、首元には黄色いマフラー、手にはニットの手袋。下半身は緑色のスカートに、カラフルなガラの入ったタイツ。そして、黒皮のブーツを履いていた。

「あ、堀川さん」

クラスメイトの堀川葉月だった。

直後に昨日のことがフラッシュバックした史晶は、目が覚める。しかし、それゆえに上手(うま)く言葉はでてこなかった。

葉月はかわいらしく小首を傾げる。

「まだ寝ていたの？」

「ああ」

「もう昼過ぎだよ」

その指摘に驚いた史晶は、慌てて時計を確認する。

「え、うそ……」

午後の一時だった。

(明け方までゲームやっていたもんなぁ)

昨日の衝撃的な体験が忘れられず、興奮して眠れなかった史晶は、気を紛らわすためにゲームをやりまくったのだ。

初日からこれかい、といささか自己嫌悪を感じている史晶に、葉月が呆れ顔でため息をつく。

「ご両親がいないからってだらけすぎだね」

「面目ない」

反論の言葉もなく、史晶は軽く額を押さえる。

上目遣いの葉月がおずおずと口を開いた。

「それで……お話があるの。上がっていい?」

「ああ、どうぞ」

訪ねてきてくれた友だちを玄関先に立たせておくのは礼儀に反するだろう。史晶は慌てて、葉月を玄関から迎え入れる。

（ヤバい、昨日のことを怒っているんだろうか？　訴えるとか言われたらどうしよう）

胸がドキドキしながらも廊下を歩き、葉月をリビングルームに通した。

「あの、それで」

葉月が話しかけてこようとしたのを、史晶が止めた。

「ごめん。いま顔を洗って、着替えてくる。適当に寛いでいて」

「うん」

史晶は大慌てで顔を洗い、寝間着から部屋着に着替えをして、身支度を整えてからリビングに戻る。

「お待たせ」

ニット帽とポンチョを脱いだ葉月は、エプロンをつけて台所に立っていた。

「田代くん、朝ごはんも昼ごはんも食べてないでしょ。昨日のお鍋、少し残っていたから、ご飯入れて、おじやにした」

「あ、ああ……」

史晶が戸惑っているうちに、手早く料理した葉月は、鍋つかみで土鍋を持ってテーブルに運んできた。

「さぁ、食べて」

「ありがとう」

オタマでお粥を掬って、茶碗にとる。

出汁が効いていて、普通に美味かった。

箸を進めながら向かいの席に座った葉月を見ると、エプロンを脱いでおり、オレンジ色のニットのセーターと、緑のスカートというお嬢様然とした服装になっている。

基本的に葉月とは学校でしか会ったことがなかった。そのため、いつも制服であり、私服姿を見たのは初めてだ。

新鮮で見惚れてしまう。史晶の視線に気づいた葉月が口を開いた。

「おいしい？」

「うん。余り物でこういうの簡単に作れるって、堀川さんっていいお嫁さんになりそうだよな」

「そ、そんなことないとは思うけど……努力はするつもり……」

顔を真っ赤にした葉月は、俯いてモジモジする。

直後に史晶もよけいなことを言ったと思い、大急ぎでおじやを掻き込む。

あっというまに土鍋を空にして、一息ついたところで史晶は質問する。

「おいしかった。それで、えーと、今日はなんの用？」

用事があったから来たのだろう。史晶が促すと、葉月はさんざんモジモジしてから口を開いた。

「えっと、昨日のことなんだけど」

「そ、それは……そのごめん」

セクハラお姉さんの妙なテンションに乗せられて、女性のもっとも大事な場所をさらしてしまったのだ。

思い出した史晶は赤面し、葉月も赤面しつつ両手を広げて左右に振る。

「別に謝ってもらうようなことじゃないわよ。わたしが勝手に見せたんだし、お目汚しなものを」

「いや、たいそうなものだったよ……」

謙遜されてそれを受け入れるのもまずいだろうと思い、史晶は持ち上げてみたのだが、褒め言葉として正しかったという自信はない。

顔をほおづきのように真っ赤にした葉月は俯き、しばし硬直していたが、ややあって気を取り直して顔をあげた。

「それでね」

「うん」

　葉月は生唾を一つ飲んでから続けた。

「田代くんがよかったら、昨日の続き……してもいいかなって」

「昨日の続き？」

　頬どころか顔全体をトマトのように真っ赤にした葉月は、意味もなく両手の指先を胸のまえで合わせる。

「男の子ってみんな、その、したいんでしょ。田代くんも部屋にああいうのあったし」

「いや、まぁ、そりゃ、まぁ、したいといえばしたいというか」

　どう答えるのが正解かわからず、煮えきらない史晶を断ち切るように葉月は断言した。

「わたし、いいよ。田代くんになら、やられても」

「いっ⁉」

　真面目な葉月の口から出た言葉とは思えず、史晶は目を剝く。そして、思わず勢い込んで身を乗り出してしまう。

「え、いや、その、やられてもって、つまり、そういうこと？」

「うん」

「ほ、ほほほほ本当にいいのか？」

思いもかけなかった提案に興奮を隠しきれないというか、思いっきり興奮しているオスに詰め寄られて、葉月は恥ずかしそうに目を逸らし、頬にかかるもみあげを指で撫でる。

「や、優しくしてくれるなら、だけど……」

「お、おう、任せておけ！」

正直なところ、史晶はこの瞬間まで、葉月に恋をしていたわけではなかった。

もちろん、嫌いではなく、普通に好ましい少女。女友だちだという認識であった。熱烈に恋焦がれていたわけではない。

しかし、思春期の男女には、往々にして「好き」と言われると反射的に好きになってしまう心理現象が起こるものらしい。

このときの史晶の心の動きも、まさにそれだった。

やれるとなったら、猛烈に葉月とやりたくなってしまう。

勢い込んでその場で抱きついて押し倒しそうになった史晶だが、なんとか最後の理性で踏みとどまる。

「それじゃ、俺の部屋行く？　ベッドあるし」

「そ、そうだね。ベッドの上でだよね。あ、待って、食器を洗ってから行く」

そう言って葉月は、史晶の食事の後片付けをしてくれた。

（ほんと、女子力高いな）

はじめて女性とやれるのだ。心急く史晶としては、その場で足踏みをしたい気分であったが、とにかくもテーブルなどを拭いて時間を潰す。

そして、葉月の洗い物が終わると同時に、さっそく自分の部屋に連れ込んだ。

二人は並んで、寝台の縁に腰を下ろす。

葉月は顔を真っ赤にして俯いている。

今日は女として文字どおり一皮剝ける覚悟をしてきたのだろうに、いざ本番となって恥ずかしくなってしまっているようだ。

（ここは男がリードすべきだよな）

覚悟を決めた史晶は右手を伸ばし、葉月のぷにぷにとした頰に添えると顔を上げさせた。そして、顔を近づける。

「堀川さん」

「……名前で呼んでほしい」

「それじゃ、葉月」

史晶が言い直すと、葉月は嬉しそうに頷く。

「うん」

「キスするね」

「よ、よろしくお願いします」

葉月は大きな目を閉じた。

丸顔で鼻が低く、白い頬がふっくらしていて、おちょぼ口。まさに日本の少女といった顔立ちだ。

守ってあげたいという男心を強くくすぐられる。その欲求に従った史晶が顔を近づけると、唇は重なった。

(あぁ、これがキスか……)

ただ唇と唇を合わせただけである。どうということのないような行為な気もした。

しかし、直後に怒濤(どとう)のような多幸感が胸いっぱいに広がる。

(俺、堀川さん、いや、葉月とキスしているよ)

史晶が葉月の存在を認識したのは、去年の文化祭のときだった。

書道部の出し物で、十人あまりの少女が袴姿に襷(たすき)掛けをして、巨大な和紙に巨大な筆を使って文字を書くパフォーマンスをしていた。

その中にあって、背こそ低かったものの、ひときわ存在感を放っていたので印象に残っている。

（まさか、あのときの子とこういうことになるとは……）

感慨深い気分になりながら、史晶は口を開いて舌を出した。そして、葉月の薄い唇を舐めまわす。

肉の狭間（はざま）に舌を入れると、意図を察してくれたのだろう。葉月は自ら（みずか）口を開いた。

史晶の舌が、葉月の前歯を舐める。

（小さっ!? これが女の子の歯か？）

自分の歯との大きさの違いに、史晶は驚いた。

その愛らしい歯の形を確認するように舐めまわしてから、さらに奥に入る。

葉月の舌は恥ずかしそうに縮まっていたが、史晶の舌が搦（から）めとろうと努力していると、諦めたように伸ばしてくれた。

「う、ううむ、うむ」

舌を絡ませ合った高校生の男女は、はじめての接吻に夢中になる。

（女の子の舌ってウマっ。ずっと舐めていたいけど、接吻のあとはおっぱいを責める

べきだよな)

エロ本で覚えた知識を脳裏から絞り出した史晶は、おっかなびっくり右手を葉月の左の乳房に添えた。

「うっ」

舌を男に搦めとられていた少女は呻いたが、逃げようとはしなかった。

衣服の上からでも、乳房の大きさは十分に伝わってくる。

とはいえ、もどかしさを感じた史晶はいったん接吻を解く。

「服、脱がすね」

「い、いい、ですよ……」

史晶がオレンジ色のニットセーターをたくし上げると、葉月は万歳をしてくれたので、あっさりと脱がすことができた。中には水色のブラウスがあったので、そのボタンを胸元から外し、脱がす。

上半身裸となった葉月は、なおピンク色のブラジャーをつけていた。もどかしく思いながらも、史晶はそれも奪おうと試みる。

「イタッ」

葉月が悲鳴をあげたので、史晶の腕は止まった。

「ごめん、ブラジャーの外し方がわからない」

「こ、こうするんです……」

緊張に顔をこわばらせながらも葉月は、自ら両手を後ろにやって、ブラジャーのホックを外してみせた。

するとカップはあっさり落ちて、大きな白い乳房が二つ、あらわとなる。

大福餅のような白さで、甘く柔らかそうな肉だった。ただ、頂にピンク色をした大粒の桜の花びらがあったことから、桜餅とたとえたほうが相応しいかもしれない。

おそらく、かぶりついても、中から餡子は出てこないはずである。

理性ではそうわかっているのだが、どうしようもなく甘そうに感じた。

そのあまりにも男の食欲をそそる物体を注視した史晶は、喘ぎながら確認を取る。

「さ、触っていい？」

「ど、どうぞ……」

恥ずかしそうに視線を逸らす葉月から許可をもらった史晶は、恐るおそる手を伸ばし、中指で桜の花びらに触れた。

「あん」

ビクンッと葉月の小柄な身体が震えた。

「ごめん。痛かった？」

「ううん、大丈夫。田代くんの好きに触っていいよ」

「そ、それじゃ」

我慢の限界に達した史晶は、葉月を寝台に仰向けに押し倒すと、両手で二つの桜餅を握りしめ、その先端の桜の花びらにしゃぶりついた。

「あ、いきなり……」

葉月は驚きの声をあげたが、もはや獣欲に支配されてしまった史晶は止まらない。

大きなお餅を両手でこねまわしながら、かぶりつく。

甘くはなかった。少ししょっぱい気がする。これは葉月の汗の味なのだろうが、桜餅の上に乗る花びらの塩漬けを食した気分になる。

中の餡子を絞り出そうと、太い桜餅を根元から揉みしだき、先端を啜った。

「あ、もう、そんなにおっぱいにしゃぶりついて、田代くん、赤ちゃんみたいだよ」

乳房に夢中になる男を見下ろして、葉月は呆れたような表情を作っているが、同時に女としての歓びを感じているようで満足そうだ。

二つの桜餅を思う存分に堪能した史晶であったが、やがてそれでは飽き足らなくなってきた。

「葉月、下も脱がすぞ」

「あ、うん……」

唾液に濡れ輝く二つの乳首を、ビンビンに尖らせた葉月は恥ずかしそうに頷く。その直後に史晶は、緑色のスカートを引きずり下ろした。

お洒落なガラのついたタイツ越しに、ピンク色のパンティが見える。

その中央には縦長の染みができていた。

(これは濡れているってことだよな。葉月のやつもすげぇ興奮しているってことか)

嬉しくなった史晶は、タイツの左右の腰紐に手をかけた。

ブラジャーと違って脱がし方がわからないということはない。ただ引き抜けばいいのだろう。

葉月の健康的な両足を抱え上げて、両足の裏を天井に向けさせると、タイツとパンティをもろともに豪快に引き上げた。

黒々とした陰毛に彩られた鼠径部があらわとなり、そことパンティの裏面の間に長い銀色の糸がひく。

そして、濡れたパンティと生温かい黒タイツを投げ捨てた史晶は、素っ裸となった少女をM字開脚に押さえ込む。

黒々とした陰毛の向こうに、鮮紅色の肉が見える。それはぬらぬらと濡れ光っていた。

(葉月のオマ×コ)

興奮の極に達している史晶は、左右の親指で肉裂を割り拡げた。

包皮に包まれた陰核から、ぽっかりと開いた膣穴までばっちりさらされる。

(ここにおち×ちんを入れればいいんだよな)

史晶は本能の赴く(おもむ)ままに逸物をぶち込もうという衝動にかられたが、最後の理性を絞り出す。

「これ、入れる前に、舐めたほうがいいんだよな」

「うん、そうしたほうがいいって、わたしも聞いている」

大きな黒目を左右に揺らしながら、葉月はおずおずと応じた。

「そっか、それじゃ舐めるぞ。葉月のオマ×コ。そのあとにち×ぽをぶち込む」

「ああ、改めて言われると恥ずかしい」

両手で口元を隠す清純派の乙女を、史晶は遠慮なくマングリ返しにしてしまった。

そして、まずは手初めとして包皮に包まれた陰核を、右手の人差し指の腹で軽く撫でてみる。

「ここ、クリトリスだよな。ここ、触られると気持ちいいのか？」

「う、うん」

顔を真っ赤にした葉月は、目元に涙をためながらも頷く。

（へぇ～、葉月みたいに真面目な女でも、ここ弄られると気持ちいいのか。うわ、すげぇ濡れている。もうビショビショだ）

女の肉舟から溢れた液体が、下腹部や会陰部を濡らしている。同時にコンコンと泉湧く穴からは、ぷ～んと甘い匂いが立ち昇った。

（うわ、オマ×コって、おっぱいと違って匂いがするもんなんだな）

いわゆる処女臭というやつだろう。

その匂いに誘われて顔を下ろした史晶は、湖の如き陰唇にしゃぶりついた。

「はぅ」

息を飲む葉月の両の太腿の裏を押さえつけ、存分に舌を動かす。

ピチャピチャピチャ……。

腹の減った猫がミルクを舐めるかのような熱心さで、少女の肉皿を舐め啜る。

（へぇ、オマ×コってこんな味がするんだ）

少し酸っぱくて塩っけがあった。甘くはないが、甘く感じる。男を惑わす蜜の味だ。

史晶の舌は、乙女の秘部を隅々まで存分に舐めまわした。そして、膣穴にまで舌を入れてかき混ぜる。

「あ、ダメ、そんな、ところまで、あああひぃぃぃぃぃぃ」

大きく口を開けた葉月は、およそ冷静沈着な彼女らしくない調子っぱずれの悲鳴をあげて、涎を噴きながら背筋を反らしていた。

その姿を見て史晶は驚く。

(あ、もしかしてイッた？　これがイクってことか？　女ってイクときこういうふうになるのね)

乙女の艶姿に満足した史晶は、葉月の膣穴から舌を抜いた。

「はぁ……はぁ……はぁ……」

顎まで涎で濡らした葉月は、大きく口を開いて喘いでいる。同時に開かれた足の間で、膣穴も開閉していた。

それは男を誘っている動きにしか見えない。

(うわ、入れてぇ、葉月のオマ×コにおち×ちんぶち込みてぇ)

本能に従った史晶は、ズボンと下着を引きずり下ろす。

ブルンッと唸りをあげるようにして逸物が飛び出す。

いまならば岩盤だって貫けそうな勢いで反り返る。

それを見上げて、葉月が息を飲む。

「そ、それが……田代くんのおち×ちん、すごい……大きい」

「そ、そうか？　たぶん、普通だと思うけどな」

大きいといわれて悪い気はしない。史晶は意気揚々といきり立つ逸物を、蟹股開きに押さえつけた葉月の膣穴に添えた。

亀頭部が半ば埋まり、先端に柔らかい弾力を感じる。

（これ、処女膜だよな）

女の子の生涯に一枚しかないものである。それを破ることにためらいを感じないでもない。しかし、同時に優越感も覚える。

「本当にいいのか？」

「うん。田代くんならいいよ」

両目をぎゅっと閉じた葉月は、両手を赤ん坊のようにぎゅっと握りしめる。

「それじゃいくぞ」

ベッドの上に仰向けになった少女は、両足を蟹股開きにして、男にすべてを任せる。

史晶が腰をぐっと押すと、葉月の身体がずり上がった。

（あれ？　動かれると上手く入らないな）

そこで史晶は、葉月の両の小手を摑んだ。

（これでよし）

少女の逃げを封じた史晶が、改めて膜破りに挑戦しようとしたときだった。

ピンポンピンポンピンポン……。

階下から呼び鈴を連打する音が聞こえてきた。

さらに大きな声が野外から聞こえてくる。

「史晶～、いるんでしょ～。いつまで寝ているのよ～」

聞き馴染んだ声に、史晶と葉月は顔を見合わせる。

慌てた表情の葉月が口を開く。

「あれは櫻田さん……だよね」

「そ、そうみたいだな」

いままさに女の子をぶち抜こうとしている寸前である。史晶としては無視してこのまま続けたかった。

しかし、こうもうるさくされたのでは気が散って仕方がない。葉月としてももう少し落ち着いた環境で、初体験を楽しみたいだろう。

史晶は諦めて、口を開いた。

「行ってみたほうがいいかな？」

「そうだね。待っている」

史晶はいきり立つ逸物を葉月の股間から引き剝がし、しぶしぶ服を着て、自室を後にした。

＊

「なんだよ」

一刻も早く葉月との続きを楽しみたい史晶としては、招かれざる客などとっとと追い返してやろうと決意しながら玄関の扉を開ける。

そこにいたのは声のとおり櫻田香織だった。革ジャンとミニスカート、ニーソックスという装いである。

「やっほ～、遊びに来てあげたわよ」

ハイテンションに挨拶した香織は、史晶が止めるいとまもなく脇をすり抜けて家に入ってくる。

「寒〜い、お邪魔するわよ」

お洒落なブーツを脱ぎ捨てた香織は、家主の許可も取らずに家に上がった。

門前で撃退するつもりが見事に失敗した史晶は慌てる。

「いきなり、なんだよ」

「あんたの部屋に行きましょう」

背後の史晶をチラリと見た香織は、そのまま階段を上がりだした。

「えっ、ちょっ、ちょっとまて」

現在、史晶の部屋では、葉月が裸待機中である。

それを香織に見せるわけにはいかない。慌てて止めようとするも、香織はかいくぐってしまう。

「大丈夫よ。あんたのお宝は昨日、見つけているんだから」

小尻を跳ねさせながら軽快に階段を駆けあがった香織は、史晶の部屋に入る。

「っ!?」

史晶は心臓が止まるかと思ったが、そこに葉月の姿はなかった。

(香織が騒がしく階段を上がってくる気配に気づき、どこかに隠れたということか)

葉月の機転に、史晶は安堵する。

なんとか気を取り直した史晶は、部屋の入口で口を開く。

「で、なんの用だよ」

部屋のどこかで、裸のまま小さくなって隠れている葉月があまりにもかわいそうだ。

一刻も早く、香織を追い出したい。

「うわ、手っ冷たい。ちょっと温めて」

振り返った香織は、史晶に詰め寄ると両手で頬を挟んできた。

「ああ、このカイロ、いいわ」

「おまえな……」

冷たい指で頬を挟まれて戸惑う史晶の顔に、香織の健康的な顔が近づいてきた。

(えっ⁉)

意味がわからずに戸惑っているうちに、香織の唇は史晶の唇に重ねられていた。

(ど、どういうこと? 俺、いま香織のやつとキスしているよな)

あまりにもいきなりの展開に史晶は目を見開いていた。香織は目を閉じている。

(まつ毛、ナガ。こいつ、近くで見るとしみじみ美人顔だな。さすがは胸が残念な以外は、理想的と言われるだけはある)

現実逃避した史晶が美顔を眺めていると、ほどなくして香織は接吻を解いた。

そこで我に返った史晶が叫ぶ。

「おまえいきなりなにを！」

「ご挨拶ね。あたしのファーストキスあげたのに」

そう笑った香織は距離を取り、史晶の寝台の端に独り腰を下ろす。そして、両手を組んで頭上に持ち上げつつ、ニーソックスに包まれた細く長い両足を持ち上げる。

「昨日、あんなことがあったじゃない」

「そ、それはごめん」

史晶は反射的に謝った。香織は首を横に振る。

「いや、別に謝ってほしいわけじゃないわよ。ただ、あそこまで見られちゃったら、最後までしないのは損かなって思っちゃって」

「最後まで？　損？」

混乱する史晶に向かって香織は、寝台の縁に右足の踵(かかと)をかけると、ニーソックスを下ろしはじめる。

その姿勢のためスカートはめくれて、自慢の美脚とともに、黄色のショーツが覗く。

「やらせてあげるって言っているのよ」

ニーソックスを投げ捨てて生足となった香織は、革ジャンも脱ぎはじめた。

「え、おい」

史晶が止めるまもなく、香織はインナーのシャツを脱ぎ、黄色いブラジャーを外す。

あらわとなった双乳は決して大きくはない。しかし、形はよかった。

先端の乳首も、葉月に比べて明らかに小さく、色素も薄いパールピンクだ。

「ふふ〜ん」

呆然としている史晶の視線を意識しながら、香織はスカートも下ろす。さらに黄色のパンティも下ろして素っ裸になった。

その脱ぎたてのパンティを右手の人差し指にかけてクルクル回す。

「史晶だってエッチに興味あるでしょ。あたしの身体じゃ、不満だなんて言わないわよね」

「おまえな……」

史晶は右手で顔を覆った。

素っ裸になりながら、香織には恥じらうそぶりがまるでない。それだけ自分の身体に自信があるということだろう。

たしかに美しい裸体だ。胸の膨らみこそ残念だが、それゆえにすっきりとした肢体は、普遍的な美を感じさせた。まさにスレンダー美人だ。

（とはいえ、恥じらいがまったくないから、色気がないんだよな）

そんなことを考えている史晶の前で、香織は長い脚を伸ばして誇示する。

「ねぇ、エッチしよ」

ネコ科の動物のようだ。

（この部屋のどこかで葉月が裸で隠れているんだが……いや、しかし、ここで香織に恥をかかせるのは、男としてどうなんだ？）

さんざん悩んだ史晶であったが、気づいたときには香織の前で正座していた。

男が自分の美貌に屈したと感じたのだろう。香織は勝ち誇った顔になって、右足のつま先を史晶の鼻先に翳す。

「うふふ、足、舐めていいわよ。あんたがいつもあたしの足を物欲しそうに見ていたのは知っているんだから」

女という生き物は、男が自分のどこに劣情を催しているのか、本能的にわかる生き物らしい。

（いや、別に脚フェチじゃねぇし）

と内心で反発しながらも、気づいたときには香織の足首を持って、その足の指に接吻をしていた。

史晶はさらに足の裏を舐め、さらに脹脛に頬擦りをする。

(すげぇ、肌スベスベ)

チアリーディング部に所属しているため、夏は小麦色に日焼けしていたが、いまは健康的な柔肌である。

葉月の大福餅を連想させる柔らかさとはまったく別物だ。細く長い脚は力強く、野生の鹿を連想させた。

無心に足を舐める男を見下ろして、香織は目を細める。

「あは、女王さまにでもなったみたいで悪くない気分♪」

足を舐められても、女は肉体的にそれほど気持ちよくはないのだろう。しかし、精神的な意味では、劣情を大いに煽るようだ。

勝ち誇った笑みを浮かべた香織は、指先で回して遊んでいたパンティを広げると、史晶の頭にかぶせてきた。

「うふふ、よく似合うわ。さぁ、こっちも舐めさせてあげる」

すっかり女王さま気分を楽しんでいる香織が左脚も差し出してきたので、史晶は同じように舐める。

美少女の二本の美脚を思う存分に堪能した史晶は、ほどよく筋肉がつきながらも細く長い太腿の内側を少しずつ舐め上げていった。

「……」

香織は静止しない。というよりも、期待しているのだろう。

内腿の太い筋を通って、両足の付け根に顔を近づける。

香織の陰毛は、葉月よりも薄い。鼠径部にふわっと萌えているだけだ。そこに顔を埋める。

「やっぱり、そこ舐めるか、おほっ」

気取った表情をしていた香織だが、性器を舐められるとやはり気持ちいいのだろう。

鼻の孔を大きくして嬌声をあげてしまった。

そのうえでパンティに包まれた史晶の頭を太腿で挟むと、両足を背中へと投げ出す。

(これが香織のマン汁か)

塩味と酸味のブレンドという意味では、葉月とそう変わるものではなかったが、粘りが違うようだ。

葉月のほうがより濃厚な水飴状だったのに対して、香織はさらさらとした米の砥ぎ汁のような感覚だった。

史晶は夢中になって舌を動かす。

「うほっ、これヤバ、メッチャ気持ちいい」

クンニされることによって得られる快感が予想以上だったようで、表情を崩した香織は慌てて口元を手で押さえる。

しかし、女が感じているとわかれば、張りきってしまうのが男というものだろう。

史晶は舌の動きを速めた。

「ちょ、ちょっと、そこ、ダメ、あん、そこ感じすぎちゃう、ああ、もう、ダメッ！」

黄色いパンティに包まれた史晶の頭を両手で抑えた香織は、飛び跳ねるようにして痙攣した。

ビクンビクンビクン……。

香織が絶頂したことを見てとった史晶は、股の間から顔を上げる。

「なるほど、おまえも女だったんだな」

「あたりまえでしょ」

さすがの香織も恥ずかしそうに顔を背ける。

「オマ×コがヒクヒクしているぞ。まるで早くおち×ちん入れてくれって催促しているみたいだ」

史晶にからかわれた香織は自棄を起こしたように叫ぶ。

「ああ、そうよ。あたしはあんたのおち×ちんが欲しいの」

そういって香織は、寝台の上で四つん這いになった。いわゆる牝豹のポーズをとると、きゅっと引き締まった小さな尻を高く翳した。

「とっとと入れちゃいなさい」

「ったくスケベな女だな」

その潔さに呆れながら、史晶は寝台に乗り、膝立ちになった。

そして、引き締まった小尻を両手で挟む。

(うわ、こいつ尻の穴を丸出しにしている自覚あるのかね。こういうところが色気ねえんだよな。せっかくの美人なのに)

そんな内心のぼやきとは裏腹に、史晶はズボンの中からいきり立つ逸物を取り出す。

このとき、史晶は眼下の女に夢中になるあまり、部屋に他の女がいることをすっかり忘れてしまっていた。

オスとしての本能のままに、蜜の滴る女性器に先端をねじ込む。

「わかるか。おまえの処女膜に触れているぞ。このまま押し込めば、破れるからな」

「いいわよ、あんたにあげる。ずっぽりやっちゃって」

「ああ、入れるぞ」

亀頭の先端に、処女膜の存在を感じながら、史晶は生唾を飲む。

（まさか、あの香織が、俺に処女をくれるとはね。よし、この生意気女を俺のち×ぽでヒーヒー言わせてやる）

獣欲に支配され視野を狭窄(きょうさく)させた史晶は肉槍を進め、乙女の最終防衛線を突破しようとしたときだ。

またも階下から呼び声が聞こえてきた。

「史晶くん、どこ、もしかして、まだ寝ているの？」

階段を上がってくる足音がする。

これには香織も飛び上がった。

「ヤバい、莉緒奈さんだ」

「あ、ああ……」

「隠れないと」

素っ裸で股を濡らしている香織はとっさにクローゼットの中に飛び込んだ。

史晶は、香織の脱ぎ散らかした衣服と、頭にかぶっていたパンティを寝台と壁の間に入れて隠す。そして、いきり立つ逸物をなんとか、ズボンの中に押し込んだところに扉が開いた。

そして、艶やかな黒髪にウェーブパーマをかけた、スレンダーでありながらグラマラスな、まるでマネキン人形のような人間離れしたスタイルの玲瓏たる美人が姿をあらわす。

*

「レオナお姉ちゃん」

ベッドの上に座った史晶が必死に、ズボンを上げているさまを見た木村莉緒奈の目尻がニタリと下がった。

「あら〜」

史晶は戦慄したが、芯の入った逸物はすぐには小さくならない。

ズボンがテントを張っていることを見て取った莉緒奈が歩み寄ってくる。

「もしかして、オナニーの最中だった？」

「ま、まままさかぁぁ」

股間の膨らみを必死に隠しながら、史晶は首を横に振る。

しかし、莉緒奈は納得しなかった。四つん這いになって寝台に乗ると、史晶に顔を近づける。

「そりゃ、昨日、あんなの見ちゃったらたまんないわよね」

怯える童貞少年の上に覆いかぶさってきたセクハラお姉さんが、股間を押さえていた手を退かせた。

「こんなにギンギンに大きくなったおち×ちんじゃ、ごまかせないわよ」

「あ、やめて……」

ズボン越しに浮き出た男根を、繊手が撫でる。

それはまさに捕らえた獲物を嬲るライオンだった。

「しかたないなぁ」

ニヘラと莉緒奈は表情を崩した。

「わ・た・しが、優しく筆下ろし、してあ・げ・る」

「え、いや、その……」

史晶にとって、莉緒奈に筆下ろししてもらうというのは、性欲に目覚めてからの夢であり、願望であった。

おそらく、いまこの瞬間でなければ、史晶は歓喜しただろう。

しかし、いまはダメだ。クローゼットには裸の香織がおり、また葉月もどこかにいるはずである。

こんな状態で、莉緒奈とエッチをできるほど、史晶は強心臓ではない。

怯えた史晶は仰向けのまま距離を取ろうとし、四つん這いの莉緒奈は覆いかぶさってくる。

「うふふ、遠慮しなくてもいいわよ。もともと史晶くんの筆下ろしはわたしがするって決めてたし」

「えっ!?　……んっ!?」

驚く史晶の手を取った莉緒奈は、互いの手のひらを合わせるいわゆる恋人繋ぎとなって、顔を下ろしてきた。

赤い唇が、史晶の唇を覆う。

「う、むむ……」

史晶にとって本日、三度目の接吻である。

(ウソ、レオナお姉ちゃんとキスしているっ!?)

認めるのは癪だが、史晶にとって初恋の人だ。

異性に目覚めてからというもの、徹底的にからかわれたことで、恋心は冷めていたつもりだったが、一線を越えてみると燃え上がるものを感じる。

（こ、これもタチの悪い悪戯か……。いや、悪戯でキスって。これは悪戯の範囲を超えているような。いや、レオナお姉ちゃんにとってはこれも悪戯なのか？）

莉緒奈の舌が、史晶の唇を舐めまわし、唾液が流し込まれる。その甘露を、史晶は飲んだ。

「ぷぁ～」

長い接吻を終えて、莉緒奈は顔を上げた。口元を右手の甲で拭いながら、莉緒奈はニヤリと人食い獅子のように笑う。

「史晶くんは、わたしのことが好きなんだと、ずっと思っていた。パンティ盗んだし」

「いや、あれはレオナお姉ちゃんがわざとあんなところに置くから……」

高校受験のころ、勉強を教えてもらおうと莉緒奈の部屋にお邪魔したとき、寝台の上に綺麗なパンティが無造作に置かれていた。

誘惑に負けた史晶は、それをポケットに詰め込んでしまったのだ。

しかし、それは卑劣な罠だった。遅れて部屋に入ってきた莉緒奈は、史晶のポケットから自分のパンティを摘まみだすと、これを使ってなにをするつもりだったのかと、さんざんにからかわれたのだ。

史晶にとって生涯の不覚であり、トラウマである。

「わたしは、史晶くんがお願いしてきたら、いつでもやらせてあげるつもりだったんだよ」

そういって上体を起こした莉緒奈は、縦縞セーターを脱いだ。

真っ赤なブラジャーに包まれた胸元があらわとなる。さすがは女子大生。女子高生たちよりもお洒落で高級そうなセクシーランジェリーだ。

史晶の食い入るような視線を楽しみながら、莉緒奈は両手を背中に回して、ホックを外す。

まるでロケットのような双乳が飛び出した。

(デカ!)

莉緒奈は、香織に勝るとも劣らぬスレンダー美人である。それなのに、乳房は葉月に勝るとも劣らぬ大きさだった。

三歳年長ということもあるのだろうが、香織と葉月のいいとこどりした上位互換のようなパーフェクトボディだ。

「ほら、わたしのおっぱい、触らせてあげる」

うつ伏せになった莉緒奈の乳房は、葡萄の房のように垂れ下がっていた。

史晶の右手を取った莉緒奈は、自らの乳房を触れさせる。まるで接着剤がついているかのようだ。史晶は手にしたらもはや離すことができない。史晶は手にした乳肉を恐るおそる揉んだ。

(すげぇ柔らかい。なにこれ？ミルクでできた寒天？)

史晶が乳房を揉んでいると、頬を紅潮させた莉緒奈が質問してくる。

「ねぇ、史晶くんの本命はどっちなの？　香織ちゃん？　葉月ちゃん？」

「……」

冷や汗を流しながら、史晶は首を左右に振った。

答えられるはずがない。ここでそんなことを言ったら世界が崩壊する気がする。

「まぁ、どっちでもいいけど。まだどちらともやっていないんでしょ。なら、わたしの身体で練習していけばばっちりよ」

そういって莉緒奈は、スリムパンツを脱ぎ捨てる。

現れたのは若草色のパンティだった。生地が小さく、腹部から陰毛があふれている。

(うわ、エッロ……)

ブラジャー同様に、高級感のあるセクシーなランジェリーだ。

史晶の視線を大いに楽しんだあとで、莉緒奈はパンティも脱ぎ捨ててしまった。

素っ裸の状態で、史晶の顔の左右に膝を置く。

当然、史晶は淡い陰毛の煙った股間を見上げることになる。

陰毛の形は綺麗な逆三角形だった。こういうところも女子高生とは違う。明らかに手入れがされていた。

「ほら、わたしのオマ×コをお舐め」

舌なめずりをした莉緒奈はそのまま腰を下ろしてきた。

「うぷ」

史晶の顔が、女性器によって塞がれる。いわゆる顔面騎乗だ。

鼻と口を湿った粘膜で塞がれた。このままでは窒息してしまう。生命の危機を感じた史晶は、顔面を覆う女性器にしゃぶりつく。

(これが莉緒奈お姉さんのオマ×コ。マン汁の味)

葉月とも、香織ともまた違った舌触りだった。まるで清流のようにいくらでも飲める気がする。

舌が自然に動く。

ピチャピチャピチャ……。

「ああん、史晶くんが、史晶くんの舌がわたしのオマ×コを舐めている。あん、気持ちぃい、気持ちいい、上手、とっても上手よ」

女子大生のお姉さんは、男子高生の顔に座ったまま自らの手で乳房を揉み、気持ちよさそうにのけぞった。

「ひぃ、しょこ、しょこ、らめ、わたしの、わたしの弱点みたい、そこそんなに激しく舐め穿られたら、わたし、わたし、わたし、もう、イクイクイクイク、イっちゃう！　あああん！」

満足げな牝のいななきをあげた莉緒奈は、史晶の顔から下りると、そのまま後ろに下がり、ズボンから逸物を引っ張り出す。

「あはっ、こんなに先走りの液をいっぱい出しちゃって、かわいい」

史晶の顔を見ながら、蹲踞の姿勢となった莉緒奈は、右手でいきり立つ逸物を摘まみ、自らの女穴に添えた。

（ああ、レオナお姉ちゃんのオマ×コに、俺のおち×ちんが呑み込まれようとしている……）

そこに自分の意思はなかったが、抵抗する意思もなかった。

亀頭が半ば、膣穴に潜り込み、先端に柔らかい抵抗を感じる。

「さぁ、いくわよ」

こわばった表情で笑った莉緒奈が腰を下ろそうとしたときだった。

「ちょっと待った！」

「待ってください！」

叫び声とともに、クローゼットが開き、中から裸の少女二人が飛び出してきた。

いうまでもなく葉月と香織である。

（いっ!?　おまえら同じところに隠れていたのか？）

史晶も驚いたが、もっと驚いたのは、莉緒奈のほうだろう。

「え？　え？　どういうこと!?」

戸惑う莉緒奈の左右から、葉月と香織が抱きつき、それ以上、腰を下ろさせないようにする。

「わたしたちも、今日、田代くんに処女をあげようと思っていたんです」

「そうです。莉緒奈さんといえど、抜け駆けは許しません」

クローゼットに隠れて、史晶と莉緒奈の睦言を覗いていた二人は、すでに情報を共有しているようだ。

「いや、これはなんというか」

動転した史晶が必死に言い訳しようとするのを、葉月がビシッと遮る。

「事情はわかっていますから、田代くんは黙っていてください」

「はい」

剣幕に負けた史晶は押し黙った。

香織は、莉緒奈に詰め寄る。

「莉緒奈さん、優しく筆下ろししてあげるとか、わたしの身体で練習すればいいとか、ものすごい上から目線で恰好つけていましたけど、実は処女ですよね」

「な、なななんのこと」

女子高生二人に左右から抱きしめられて、動揺した女子大生は表情をこわばらせる。

ロケットおっぱいを手に取り、軽く揉みながら香織は嗜虐的に笑った。

「経験があるかないかなんて、立ち居振る舞いを見ていればわかりますよ。同じ女なんですから」

「そうです。それに女は経験がないのに、あるふりをしてもごまかせませんからね」

葉月は真面目に頷く。香織は舌なめずりをした。

「昨日、わたしたちがやったこと。莉緒奈さんにもやってもらいましょうか？」

「あ、やめて、それだけは許してぇぇ」

女子大生の必死の懇願を、女子高生たちは無視した。

史晶の逸物から下ろされた莉緒奈を、寝台の上に仰向けに押し倒すと、右足を香織、左足を葉月に跨られ、マングリ返しの姿勢を取らされる。

「それじゃいきますよ」

葉月と香織は、莉緒奈の女性器の左右にそれぞれ指をかけると強引に割った。男の舌でさんざんに蹂躙された、濡れた淫華がさらされる。

「そして、この穴を開く」

女子高生二人は、女子大生の秘穴の四方に指を置くと、押し拡げて覗き込む。

「いやあああぁぁぁ」

涙目で絶望の声をあげる莉緒奈をよそに、香織と葉月は頷き合う。

「ばっちり処女膜ありますね」

「はい。二つ穴型です」

小娘たちに処女検査されてしまった綺麗なお姉さんは、涙目になりながら叫ぶ。

「そうよ、わたしは史晶くんのことがずっと好きだったの。だから、史晶くんのおち×ちんで処女を破って、いっぱいエッチを楽しみたかったのよ。悪い？」

年上の女としての面子をかなぐり捨てた告白に、葉月は真面目な顔で答える。

「悪くはありません。わたしたちだってそうですから。お二人に負けたくないと思ったから、いち早く田辺くんと一線を越えたくて、わたしも来ました」

「まったく女の考えることなんてみんな同じね。ええ、こうなれば恨みっこなしで決める方法は一つね」

事の成り行きに呆然としている史晶の顔を、香織は見た。

「史晶はだれとやりたいの？」

「え？」

惚けていた史晶は唐突な質問に答えられなかった。

その反応を予想していたかのように香織はベッドに上体を預けて、下半身を床におろしたかたちで小尻を突き出す。

そして、左手で濡れぬれの女性器を開く。

「田代くんの好きなオマ×コに入れてください」

葉月もまた上半身だけベッドに預けて安産型の尻を突き出し、左手で女性器を開く。

女子高生たちの意図を察した莉緒奈も慌てて、ベッドに上体を預けて、瓢簞（ひょうたん）のような尻を突き出し、左手で女性器を開いてきた。

「お願い、わたし、ずっと史晶くんとエッチをしたかったの。だから、史晶くんが我慢できなくなるようにと思って、いろいろセックスアピールしてきたのよ」

「……」

あまりの事の成り行きに、史晶はただ見つめることしかできなかった。

目の前には、三人の美女美少女が尻を突き出し、女性器を開いてアピールをしているのだ。

左手から葉月、香織、莉緒奈の順番だった。

そのいずれもトロトロに濡れていて、まさに犯しごろである。

(この中から選べっていうのか……)

葉月、香織、莉緒奈、いずれも間違いなく水準以上の容姿を持ち、性格もよい。どの女性を彼女にしても、幸せになれるだろうし、友達に自慢でき、羨ましがられるだろう。

史晶はいきり立つ逸物を持って、右に左に移動した。

(葉月のふわっとした感じもいいが、香織の健康美もいいよな。もちろん、レオナお姉ちゃんの美貌は別格だ)

いずれも甲乙つけがたい魅力的な美女美少女だ。

「く〜、こんなの選べるか！　俺は三人とも、全員とヤリたい！」

自棄を起こして叫ぶと同時に、史晶は特攻した。

白いむっちりとした尻を捕まえると、男根を押し込んだのだ。

「ひぃっ」

処女膜がたしかに破れる手ごたえに続いて、逸物は根元まで入った。

プツン！

（うお、締まる。すげぇ締まる。これがオマ×コにおち×ちんを入れるということか、葉月のオマ×コすげぇ気持ちいい）

濡れぬれでありながらも、ザラザラの肉壺に包まれて、史晶は歓喜した。

一度入ったら抜け出したくない気持ちいい密室であったが、史晶は根性で引き抜く。

スポン！

景気よく抜けた男根を、右側にあったすっきりとした尻を掴み、濡れた肉穴に押し込む。

「うぐっ……」

プツン！

またもたしかに処女膜が破れる手ごたえを感じた。

（うおお、香織のオマ×コも締まる。ちょっと締まりすぎというか）

熱い襞肉に握りつぶされて、あっという間に絞り取られそうになる。

（いや、ダメだ。ここで出すなどもったいなさすぎる）

射精欲求を気合いで抑えて、逸物を引っこ抜く。

そして、さらに右手の、細い腹部とギャップのある大きな尻を摑むと、その濡れた女性器に男根を押し込む。

「はぁん」

プツン！

三度、処女膜を破る感触がくる。

（これがレオナお姉ちゃんのオマ×コ……これもヤバ。なにこの締めつけ）

三人とも甲乙つけがたい強烈な膣圧だった。

おそらく、三人とも初めての異物に驚いて、痛みに耐えるために必死に締めていたのだろう。

これぞ破瓜の楽しみといったところだろうが、とにかくいずれもすごく締まる肉洞というだけで、三者の違いをあまり感じられなかった。

いや、史晶に違いを楽しむ余裕がなかったというほうが正解かもしれない。

キツキツ膣洞の三連発に、喜び勇んだ男根は爆発寸前であった。いまにも尿道口から噴き出そうとしている。それを気合いで止めながら、三種類の破瓜の血に濡れた男根で三つの膣穴を交互に犯した。

「ひぃぃぃ……オマ×コが捲れちゃう」

「お、奥におち×ちんが届いている……、子宮が揺れちゃっている……」

「おっきいい……史晶くんのおち×ちん、大きいの……」

三人とも背中から尻、そして、太腿をプルプルと震わせて、褐色の肛門をヒクヒクと痙攣させているが、快感に悶えているという感じではなかった。

いわゆる破瓜の痛みに耐えているのだろう。

それなのに自分だけ気持ちいいのは申し訳ない気分になるが、史晶は三つの穴の探索を続けた。

(レオナお姉ちゃんも、香織も、葉月も、オマ×コ気持ちよくてやめられねぇ。どのオマ×コも最高!)

しかし、いくら精神的な高揚感に支配され、三つ並んだ肉穴を堪能しつくそうと死ぬ気で我慢していても、限界はくる。

(も、もうダメだ。で、出る……出ちまう。いや、この状況でだれかの中で出すのは、オマ×コに優劣をつけるみたいで、まずいよな)

三種類の美肉を食い散らかすことに酔っていた史晶であったが、最後の理性を働かせて、射精寸前の逸物を引き抜く。

まさにギリギリだった。

外界にでた逸物の先端から、大量の白濁液が噴き出す。

ドビュッ！　ドビュッ！　ドビュッ！

ベッドに上体を預けて、尻を突き出しながら破瓜の痛みに震えていた三人の娘の背中に白い驟雨が降り注ぐ。

（気持ちいいぃぃぃ、よかったぁ〜〜）

思う存分に射精をした史晶は、突き抜けるような達成感に浸った。

眼下の三人は、尻、背中、頭髪に至るまで白濁液まみれである。

その光景は否応なく、彼女たちは自分の女なのだという、所有欲を満たしてくれた。

白濁液まみれの女たちは、みんな両手で自らの股間を押さえながら、悶絶している。

そんななか、涙目の香織が睨んできた。

「いったー。三人同時に処女を割るとか信じられない」

「しかたねぇだろ。こんな濡れぬれの卑猥なオマ×コを三つも前にしたら選べねぇよ。香織のオマ×コも、葉月のオマ×コも、レオナお姉ちゃんのオマ×コも、全部、俺のものだ！」

「うわ、最低の結論を堂々といいきったわね」

その横で、葉月が手に付着した血を確認している。

「破瓜のときって、本当に血が出るんですね」

「す、すまん」

「いいえ、いいです。責任は取ってもらいますから」

おとなしい葉月に真顔で宣言された史晶は鼻白む。

「せ、責任？」

白い内腿に赤い筋を滴らせながら莉緒奈が、人食い獅子のように笑う。

「当然でしょ。乙女の純潔を散らした罪は重いわよ」

それに香織と葉月も頷いた。

一時(いっとき)の快楽に溺れて、とんでもないことをしてしまったのではないか、と史晶はいまさらながら思った。

（早まったかも……）

第三章　聖夜のサンタガール

「メリークリスマス！　いらっしゃいませ〜〜〜！」

　十二月二十四日の昼下がり。うっすらと雪化粧のされた街並みを歩いた田辺史晶は、駅前のケーキ屋に足を踏み入れた。

クリスマスイブらしく、店内は色とりどりの色紙や看板やネオンや鈴で飾りつけをされ、景気よくジングルベルの音楽がリフレインしている。

　そんななかでお出迎えしてくれたのは、赤いナイトキャップ、赤い上着、赤いミニスカート、赤いブーツ。そのいずれの部位にもアクセントとして白いファーがついている華やかな衣装をきたセクシー美女たちだった。

　上着の裾は短くて、くびれた腹部は丸出し、ミニスカートからは健康的なおみ足を大胆にさらしている。

弾ける笑顔とあいまって、キラキラと眩しいほどの美女たちだ。

大きな白い髭をつけた聖人さまとは対極といっていい彼女たちが主役面(づら)して出しゃばっているありさまは、これぞ神秘主義に資本主義が勝った証明といったところだろうか。

「あっ、史晶、きてくれたんだ。ありがとう」

ナイトキャップの左右からでたツインテールを振りまわしながら、親しみやすい笑顔で駆け寄ってきたサンタガールは、クラスメイトの櫻田香織だ。

彼女がここでアルバイトをしているというから、義理で買いにきたのだ。

独りでケーキを食べても味気ないだけな気もするが、ないならないで寂しい気もする。

「へぇ〜、似合っているな」

残念な胸の膨らみは、サンタの衣装で上手(うま)くごまかせている。他の部位、特に手足はすらっと長くスタイルは抜群にいい。そのうえ明るく社交的な性格だから、こういう売り子には最適な人材であろう。

親しい仲の贔屓目(ひいき)かもしれないが、店内にいる他のサンタガールたちよりも一段も二段も、格上美人に見える。

「そうでしょ、そうでしょ」

史晶の世辞に、満足そうに笑った香織はその場でクルリと回転してみせた。

ふわっとミニスカートが捲れて、中身が見えるのではないかと心配になる。

店内の男たちの視線がいっせいに集まったようだ。史晶としては、香織の媚態をあまり他の男たちに見せたくないような、見せつけてやりたいような複雑な気持ちを味わった。

「なんかお勧めはあるのか？」

「このシフォンケーキでいいんじゃない。でも、明日、あたしがここのケーキを持って遊びにいくから、今日はあんまり食べなくていいわよ」

「おう」

そんな会話をしているところに、店長と思(おぼ)しきオバサンが歩み寄ってきて、香織に耳打ちする。

「なになに、櫻田さんの彼氏？　カッコイイじゃん」

「えへへ、どうでしょう？」

香織は意味ありげに、ニヘラと笑う。

「ちょっとぐらいなら休憩してきてもいいわよ。本当に忙しくなるのはもう少し先だ

「ありがとうございま〜す」

店長にお礼をいった香織は、即座に史晶の右手を摑む。

「と、いうことで休憩もらいました。史晶、こっちきて」

「お、おう」

香織に手を引かれて、店員の休憩室のようなところに連れ込まれた。

六畳ほどの小さな部屋だ。そこの壁際に向かって立った香織は、史晶に背中を向けたまま白いファー付きの赤いミニスカートをたくし上げた。

キュンと引き締まった小尻があらわとなり、肉の谷間に、真っ赤なパンティがめり込んでいる。

「あんまり時間はないから、手早くお願い」

「おまえな、ここでするつもりかよ」

呆れ顔で額を押さえる史晶に向かって振り返った香織は、かわいらしく唇を尖らせる。

「恋人同士の休憩って、セックス以外になにをしろというのよ」

「はいはい」

香織の背後に移動した史晶は屈み込み、サンタの衣装に合わせたであろうパンティの腰紐に手をかけて、ぐいっと太腿の半ばまで下ろす。

壁に両手をついた香織は、背中を地面と平行にするようにして尻を後方に突き出してきた。

背筋がよくここまで反るものだと感心するほどの柔軟さである。

(さすがチアガール部員ってところかな)

そのアクロバティックな姿勢のおかげで、ふわっとした陰毛に覆われた女性器を史晶は見ることができた。

魅せられた史晶は両手で尻朶を握り、その触感を楽しんでから、左右の親指で肉裂を開く。ぽっかりと開いた膣穴があらわとなる。

史晶は即座に逸物をぶち込んでやろうかとも思ったが、いきなりの展開に相棒の準備ができていなかった。

それに満足に濡れていない膣穴に入れるのは、女体を傷つける恐れがあるだろう。

その場に両膝をついた史晶は、香織の突き出された小尻の谷間に顔を突っ込み、その弾力を顔全体で楽しみつつ、女の肉船底に舌を伸ばす。

ペロリ、ペロリ、ペロリ……。

「あん、史晶ってばそこを舐めるの好きよね」

おまえのためにやってやっているんだよ、と内心でうそぶきながら、史晶は舌先を膣穴に入れてかき混ぜる。

（お、舌が奥まで簡単に入るようになったな。これが処女ではなくなったということか）

女体の成長を確認するように奥まで舐めまわしていると、すぐにトロトロと蜜があふれてきた。

「うん、ふむ、うむ……」

壁に両腕をついて反り返っていた香織は、気持ちよさそうに呻き声を噛み殺していたが、やがて待ちきれないとばかりに切なげな声を出す。

「ねぇ、早く、時間ないんだから」

「わかったよ。せわしないな」

立ち上がった史晶は、今度は大きくなっていた逸物をズボンから取り出す。そして、いきり立つ逸物を濡れた膣穴に添えると、香織の引き締まった臀部を左右から摑む。

「それじゃいくぞ」

史晶が腰を進めると、肉棒は何の抵抗もなく女体に呑み込まれた。

ズボリ。

「うほ」

股の間から入った男根が、身体を突き破って、喉から出たとでもいいたげに香織は、反り返って喉を開いた。

(おお、昨日とぜんぜん違うな。簡単に入る。これが大人になった女のオマ×コか)

締まり具合も違った。昨日は単にきついだけだったが、今日は柔らかいお肉が優しく包み込んでくれる。まさに男の入れるべき場所なのだと実感させてくれた。

(特に奥のほうがブツブツしているのがいい。これってもしかして噂に聞くカズノコ天井ってやつなんじゃねぇ)

嬉しくなった史晶は両腕を、香織の腋の下から前に回すと、クリスマス衣装の腹部から手を入れて、ブラジャーのカップの中に押し入れる。

プツン!

強引に手を入れたせいでブラジャーの止め金が取れたのか、サンタの衣装から真っ赤な下着が落ちて床に転がった。

そのおかげで乳肉に触りやすくなる。

香織の乳房は決して大きくはない。男の手のひらにすっぽりと収まってしまう程度のサイズだ。

しかし、これはこれで悪くはない。

(俺、やっぱりおっぱいは大きくても小さくても好きだな)

感慨に耽った史晶は手にした小山を揉みしだきながら、指の間で乳首を摘まむ。

乳首はたちまちのうちに硬くなった。

壁と男に挟まれた香織は恍惚のため息をつく。

「あ、やば、史晶のおち×ちんが、あたしの一番奥、子宮口にぴとってくっついている。これ、気持ちいいぃ〜」

「ここがいいのか？」

史晶は意図的に亀頭部で、ブツブツしている女の最深部を押してみた。

「はぁん、いい。昨日、処女を割られたときは、痛くて死ぬかと思ったけど、今日は馴染むわぁ〜」

「それはよかった」

史晶は安堵する。

というのも、三人の処女を同時に割ったとき、いずれの股からも血が流れていて、本気で痛がっていたさまに心が痛んでいたのだ。

申し訳ないと思いながら、思いっきり三つの処女肉を食い散らかした身としては、言い訳の言葉もないところである。

せめてもの詫びとして今日は、思いっきり楽しんでもらおうと慎重に男根を操っていると、壁に両手をついている香織は身体を捻って背後に顔を向けてきた。

「女にとってセックスは二回目からが本番だっていうけど、本当ね。身体の中心をおっきなおち×ちんで拡げられて、最深部まで捉えられちゃうのって、まさに男に支配されたって気分になる。よくさ、女はおち×ちんには勝てないっていうけど、いま、あたし、実感しちゃった……」

「いや、おまえが男に支配されるようなかわいげのあるタマかよ」

うそぶいた史晶は、上体を伸ばして香織の唇を奪い、乳房を揉みしだきながら、リズミカルに腰を押し込む。

「うむ、ふむ、ふむ……」

二人は夢中になって接吻をしながら、セックスを楽しんだ。

(いま店にいる客のみなさんたち、まさかサンタガールの一人が控室でエッチしているとは夢にも思わないだろうな)

優越感に浸りながら史晶は、極上の女体を貪(むさぼ)っていたが、やがて香織から接吻を解いた。

「ヤバい、気持ちよくて声が出ちゃう」

左手を壁に突き立てながら香織は、右手で必死に口元を押さえる。

ジングルベ〜ル、ジングルベ〜ルと景気のいい音楽が、店内には大音量で流れているから、少々の声を出しても大丈夫だとは思うが、出さないに越したことはない。

とはいえ、女を喜ばせたいというのは、男の本能というものだ。

史晶は尖った乳首を指先で摘まみ、クリクリと弄りまわしながら、ドスンドスンと肉棒で子宮口を突いてやった。

（カズノコ天井ヤバ、亀頭の裏側の気持ちいいところにちょうど引っかかってきやがる。そのうえさっきからキュンキュンって締めてきやがるけど、これってもしかして、イク直前なのか？）

女を自分の逸物で絶頂させる。それは男のロマンというものだろう。

さらに興奮した史晶が、香織を絶頂に導こうと乳首を弄り、カズノコ天井オマ×コを掘りつくそうと腰使いを創意工夫している。そんなときだった。

コンコン。

不意に休憩室の扉がノックされて、女店長の声が聞こえてきた。

「香織ちゃん、そろそろ休憩終わって。急にお客さん、きちゃった」

「は〜い、今行きます」

惚けていた香織が、声だけは明るく答えた。しかし、驚いたのだろう。膣洞がキュッと男根に絡みつき、ブツブツの肉壁が亀頭部を包んだ。

そのあまりの気持ちよさに、我慢していた男根は敗北する。

ドビュッ！

「うぐっ」

子宮口に亀頭部を押しつけられた状態で射精された香織は、驚愕に目を見開き、必死に手で口元を抑える。

ビュッ！　ビッュ！　ビュッ！

背筋を限界まで反り返らせた香織は、サンタ帽から飛び出したツインテールを振り上げて、両の黒目を上に向け、鼻の孔をおっぴろげた残念顔になってしまった。

ビク、ビクビクビク……。

男の射精とシンクロするように、香織の身体が激しく痙攣する。まるで男根が女体と一体化したかのようだ。

心ゆくまで射精した史晶が、満足した逸物を引き抜くと、壁にしがみついたままへナヘナと崩れ落ちた香織は安堵のため息をつく。

「はぁ、はぁ、はぁ、膣内射精ってヤバ、滅茶苦茶気持ちいいじゃん。癖になりそう……って、中に出すなんて最低」

膣穴からだらだらと溢れた精液が、太腿の半ばで止まっていたパンティに滴る光景を見下ろして、香織は血相を変える。

「いや、コンドームの用意なんてしてねぇよ」

史晶としてもはじめての膣内射精である。なかなか感慨深い光景だ。しかし、香織は余韻に浸ることなく、眉を吊り上げる。

「もう、時間ないのにどうすんのよ」

「まぁ、このままいくしかないんじゃないか？」

ハンカチを取り出した史晶は、粘着質な露の滴る香織の股間を拭ってやる。

「もう……仕方ないわね」

諦めのため息をついた香織は立ち上がり、白いパンティを引き上げると、赤いミニスカートを下ろす。

「それじゃ、明日ね〜」

とりあえず外見だけは整えた香織は、最後に史晶の唇にチュッと接吻をした。

慌ただしく香織は、休憩室から飛び出していった。

それを見送った史晶は、床に真っ赤なブラジャーが転がっていることに気づく。

「あ、あいつ、これをつけるのを忘れたな……まぁ、いいか」

身支度を整えた史晶が、シフォンケーキひとつを買って店を出る。

そのとき、ノーブラのサンタガールは、家族客の子供相手に綺麗で優しいお姉さん然とした笑顔で対応をしていた。

ミニスカートから覗く太腿の内側が、濡れ輝いているように見えたが、史晶は気のせいだと思うことにする。

＊

「メリークリスマス」

十二月二十五日、史晶の家でクリスマスパーティを行うことになった。

参加者は、家主のほかに櫻田香織と堀川葉月と木村莉緒奈の三名である。

パーティの準備があるからと、史晶は二階の自室で待たされていた。

「用意ができたよ～」

と呼ばれて、一階のリビングルームに入る。

パ～ン！

突如として破裂音とともに、クラッカーを鳴らして出迎えたのは、陽気なサンタガール姿の香織だ。

「おまえ、バイト先の衣装を持ってきたのか？」

「大丈夫、ちゃんと明日、洗濯して返すわよ」

「ところで、葉月とレオナお姉ちゃんの姿が見えないんだが……」

先ほどまではいたはずである。

不審がる史晶の前で、香織は急にジジムサイ笑い声をあげる。

「ほぉほぉほぉ、サンタクロースから、エッチな史晶くんにクリスマスプレゼントをあげましょう。へい、プレゼント、カモン♪」

香織が気取ったしぐさで右手の指を鳴らす。

それを合図に、莉緒奈と葉月がおずおずと入室してきた。

「……」

二人の姿に、史晶は唖然としてしまった。

莉緒奈は緑と赤のビニールテープの二本を身体に巻き、葉月はピンク色のビニールテープを身体に巻いている……だけなのだ。

服はもちろん、下着もつけてない。たたただ半透明の長いテープを前に巻いているだけであった。

テープはかなり荒く巻いているから、隠されている面積よりも、肌色のほうが多い。そのうえ半透明なテープであったから、テープ越しに乳首や陰毛が透けて見えている。

史晶の前に立った二人は、含羞(がんしゅう)を嚙みしめた表情で、顔を背けた。

「二人とも、これは……その、なんといっていいか」

かける言葉が思いつかずにかみかみの史晶の前で、裸にリボン状態の二人の間に入った香織が両腕を拡げて、彼女たちの外側の肩を抱く。

「どうよ。史晶、このクリスマスプレゼント、喜んでくれたかしら？」

「そ、そりゃ、まぁ、嫌いじゃないというか」

目のやり場に困った。単に裸を見せつけられるよりもエッチな気がする。

しかし、喜んでジロジロ見るのは、彼女たちの思惑どおりで癪(しゃく)に障(さわ)るし、男としてどうなんだという気分にもなった。

見栄を張った史晶は、必死に表情を引き締めようと努力したのだが、本人の意識ほどに取り繕えなかったようだ。

大きな瞳をした葉月に、真顔で指摘される。

「大好きなんですね」

「……はい」

肩を落とした史晶は素直に認めた。

それで安堵したのか、莉緒奈はいつもの調子に戻る。

「まぁ、史晶くんったら素直。でもまぁ、楽しんでくれているなら、こういうバカな恰好をした甲斐もあるわ。はぁん」

不意に変な声をあげた莉緒奈は、両膝を閉じるとモジモジとさせながら両手で股間を押さえる。

「香織ちゃん、ちょっとこれ、食い込んでいるんだけど」

「もちろん、食い込ませていますから」

香織はあっけらかんと応じる。

「もう」

発情した顔で膨れっ面をする莉緒奈のエロさに、史晶の逸物は一気に隆起していた。

「それじゃまぁ、さっそく」

いずれもすでに一度はやっている女たちだ。こういう煽情的な恰好をしてくれたということは、もちろん、思いっきりエッチなことを楽しむためだろう。

期待に応えようと史晶がことを始めようとするも、背後から香織に頭を叩かれた。

「まだダメよ。まずは食事。せっかく用意した料理が冷えてしまったら台無しよ」

いわれてテーブルに目を向けると、そこには所狭しとクリスマスっぽい豪華な料理が並んでいる。

三人が料理してくれたのだろう。これを美味しくいただかないのは、料理人たちに失礼にあたる。

「あ、ああ、そうだな」

むしゃぶりつきたい媚肉たちを断腸の思いで諦めた史晶は、自分の席に着く。

サンタガールと裸リボンの女たちもテーブルについた。

「それじゃ、改めてメリークリスマス！」

香織が音頭を取って、楽しい晩餐は始まった。それは史晶にとって昂る情欲との闘いとなる。

どうしても、目の前の半裸の女性たちに視線がいってしまうのだ。

(うわ、レオナお姉ちゃんも、葉月も、もう乳首勃っているじゃん)

彼女たちとしても、このような半裸で食事をするなどはじめてだろう。性的な興奮史晶としては、目の前で美味しい肉を出されて、「待て」を命じられた犬の心境だ。

テーブルの中央には巨大な七面鳥の照り焼きがあった。ナイフを持った香織は、七面鳥の二本の足の間から、ぶすっとナイフを入れる。

（おまえ、そこからナイフを刺すってのは、エロすぎないか？）

と考えてしまったのは、意識過剰かもしれない。

料理に集中するのは難しい環境ではあったが、とにかくも女の子たちが精魂込めて作ってくれた料理に舌鼓（したつづみ）を打った。

「あぁ～、食った。食った。美味かったよ。さて、次は」

史晶にとって我慢大会のような夕食は終わった。

当然、次はエッチだ。と張りきる史晶を横目に、香織が叫ぶ。

「クリスマスパーティといったらケーキでしょ。あたしがバイト先から、売れ残りのケーキをいっぱいもらってきたわよ」

なんと香織は、ホールケーキを三つもせしめてきたようである。

「おまえ、これを食えってか」

いくらなんでも無理というものだろう。

「普通に食べても面白くないから、ケーキの女体盛りを行います。莉緒奈さん、土台になってください」

「え、わたしがやるの？」

いきなり話を振られた莉緒奈は、目を丸くする。

「だって、料理は堀川さんにお願いしないとダメでしょ。で、ケーキの土台になるなら、あたしよりスタイルのいい莉緒奈さんのほうが映えるでしょ」

「そ、そうかしら？」

煽てられて莉緒奈はその気になったようである。

「わたしはあなたたちよりちょっと年上なだけで、あなたたちもすぐにわたしぐらいにはなるわよ」

いや、香織も葉月も、美少女だし、これからももっともっと美人に進化するとは思うが、莉緒奈のようなスーパーモデル体型は無理だろ、と史晶は思ったものの、口には出さなかった。

とにかく、莉緒奈はエロに特化したような卑猥な身体つきをしているのだ。

ただちにテーブルの上の食器が片付けられ、代わって裸リボンの莉緒奈が仰向けになった。

赤と緑の二本のテープが全身に回されているが、衣装としては意味をなしていない。乳首も、臍も、陰毛も露呈しているか、透けて見えている。

史晶、香織、葉月から見つめられて、莉緒奈は軽く腕で身体を抱く。

「あはは、そんなに見ないで、恥ずかしいわ……」

獲物を前にした肉食獣のような笑みで、香織が応じる。

「いえいえ、莉緒奈さんはすっごくスタイルいいから、見応えがありますよ」

八頭身で、身体の半分が足。手足が長く、スレンダーなのに、おっぱいだけは大きい。

それは人間離れしたようなスタイルのよさである。

仰向けのために、柔らかい肉が多少左右に流れて型崩れしているさまもまた、魅惑的だ。

鑑賞に堪える裸体であることはたしかだ。

「あ、どうせなら、こうやったほうがより綺麗かも。ほら、両手をあげてください」

悪巧みを思いついたサンタガールは、祭壇の子羊の両腕を頭上にあげさせて、手首をリボンで縛ってしまった。さらに両足首もリボンで縛る。

「ああん、こんなの恥ずかしすぎる」

両手両足を縛られ、両腋の下をさらしてしまった美人お姉さんは、恥ずかしそうにのたうつが、意外と羞恥プレイを楽しんでいるようだ。

所詮、テープで縛られているだけである。莉緒奈が本気で外そうとしたら、簡単に外れるだろうが、見た目的に被虐美をおおいに煽った。

(レオナお姉ちゃん、エロすぎ)

生唾を飲む史晶を横目に、ヘラを持った葉月が、パーティの進行役に質問する。

「これにケーキを盛ればいいんですね」

「ええ、芸術的にお願いします」

「では、いきます」

裸にピンクリボンを巻いた少女は、ヘラでホールケーキのクリームを掬うと、まずは莉緒奈の左の乳首に盛った。

「キャッ！　冷たい」

身体にホイップクリームを塗られるなどという経験は、莉緒奈の二十年の人生でもはじめてのことだろう。

なんともいえない微妙な表情になっている。

「動かないでください」

「はい」

葉月に注意された莉緒奈は、諦めた表情で目を閉じた。

その間にホールケーキはどんどん解体されていき、代わって女体の上に盛られていく。

あっという間にホールケーキの一つが消えて、莉緒奈の裸リボンの裸体の上にデコレーションされてしまった。

鼠径部にクリームが山のように盛られ、そこに大粒のイチゴが置かれたさまには、ちょっと笑ってしまった。

「こんな感じでどうでしょう？」

「さすが堀川さん、すごい芸術的。これは写メに撮っておかないと」

香織はスマホを取り出すと、ケーキの女体盛りにされている莉緒奈を被写体にパシャパシャとシャッター音を立てる。

「あ〜、もうやめて〜〜」

莉緒奈は悲鳴をあげだが、自分の上に盛られたケーキを崩すのは、パーティの興が冷めると思ったのだろう。動くに動けずに、痴態を撮られるに任せた。

女には被虐の快感というのがあるらしく、莉緒奈は恥ずかしい思いをすることによって、官能を高められているようだった。

（レオナお姉ちゃんってほんとエロすぎ。こんなエロいお姉さんを犯しても、男は犯罪に問われないに違いない。エロすぎる女のほうが悪いんだ）

鼻息を荒くした史晶が見とれていると、香織がリポーターのように莉緒奈に質問する。

「さて、見事にクリスマスケーキにされてしまったわけですが、莉緒奈さん、感想を一言」

「そうね」

赤と緑のテープで裸リボン姿になり、テーブルに仰向けになって、ケーキを盛りつけられてしまった卑猥なお姉さんは、隣の少年に向かって色っぽく訴える。

「史晶くん、わ・た・し・を・た・べ・て」

「あ、はい」

せっかくの労作を崩すことに罪悪感を覚えた史晶は、葉月をチラリと見る。

「どうぞ召し上がれ」

「で、では、いただきます」

いくら芸術的な作品であろうと、とっておけるものではない。欲望に従った史晶は恐るおそるテーブルに身を乗り出し、クリームの乗った乳房に顔を近づけた。

「あら、いきなり、そこからいっちゃう」

香織にからかわれた史晶は、慌てて方向転換。莉緒奈の右の腋の下に盛られたクリームを舐めた。

ペロリペロリ……。

詰まっていたクリームがたちまちなくなったので、さらにツルツルの腋の下を舐めまわす。

「ああん、くすぐったいわ」

悶える莉緒奈を横目に見た史晶は、ついで乳房に移動した。口をあけ、舌を伸ばし、クリームに埋もれた乳首を舐める。

「あん♪」

莉緒奈は甘い悲鳴をあげ、同時に史晶の舌は甘くしびれた。

ケーキのクリームを舐めたのだから、当然といえば当然である。しかし、普通に食べるケーキよりも何倍も甘く感じた。

人肌に温められたため、甘味が増して感じられるということもあるのだろうが、やはり、精神的な意味合いのほうが大きいだろう。

美人お姉さんの大きな乳房を舐めて喜ばない男はいないのに、そのうえ甘いクリーム付きである。

美味しくないはずがない。顔中をクリームだらけにしながら、史晶は夢中になって舐めた。

クリームの山が掘られ、ピンク色の乳首が発掘される。

見学していた香織がからかいの声をあげた。

「うわ、ビンビンに勃っている。莉緒奈さん感じちゃっているんだ。エロ♪」

「ああん、恥ずかしいぃ～～～」

「では、堀川さん、あたしたちもいただきましょうか。女体盛りクリスマスケーキ」

香織に促(うなが)されて、葉月は頷(うなず)く。

「はい。では、わたしは腕から」

「あたしは足からいきます」

葉月は莉緒奈の指先についたクリームから舐め上げていき、香織は莉緒奈の美脚についたクリームを舐めていく。

その間、史晶は莉緒奈の乳房や腹部についたクリームを堪能した。

「ちょ、ちょっと、三人がかりでなんて、ああ、ダメ、ダメ、ダメよ～」

華やかなリボンで縛られたお姉さんは、三人の男女の舌で全身を舐めまわされて、悶絶する。

「うわ、ここのクリームにはずいぶんと油が混じっていますね」

嗜虐的な笑みを浮かべた香織が、莉緒奈の鼠径部を覗き込んでいた。

史晶は確認していないが、おそらく愛液があふれているのだろう。

「美味しそう」

「ちょ、ちょっと、香織ちゃん、女同士よね。女同士でそこはダメよ」

「なにいっているんですか、莉緒奈さん。あたしはケーキが食べたいだけですよ」

そういって香織は、莉緒奈の鼠径部に盛られたケーキを食べはじめた。犬のように顔を近づけてムシャムシャと。

「あれあれ、莉緒奈さんのクリトリスなぜか大きくなっていますよ。ねぇ、どうして。ケーキになって食べられると、どうしてクリトリス大きくなっちゃうんですか？」

「ああ、意地悪。あ、葉月ちゃん、そこ、そこはダメぇぇぇぇ」

いつのまにか、史晶の向かい側に回った葉月が、莉緒奈の右の乳首を舐めはじめていた。

意図を察した史晶は、左の乳首を舐める。

「ああん、こんなの、すごすぎるぅぅぅ」

スタイル抜群の女子大生は、高校生の男女三人に全身を貪られて、背筋を弓のように反り上げて絶頂してしまった。

「はぁ……はぁ……はぁ……」

テーブルの上で脱力した莉緒奈は、口元から涎を垂らしながら荒い呼吸をして惚けている。

(うわ、やっぱり莉緒奈お姉ちゃんってエロいな。おち×ちんぶち込んでヒーヒー言わせてあげたい)

そんなことを考えている史晶の左肩が、ツンツンと叩かれた。

振り返ると、そこにはピンクのリボンから飛び出す巨大なイチゴ大福があった。

「わたしも食べて」

葉月が余っていたケーキを自らの乳房に乗せて差し出してきたのだ。

真面目な葉月が率先してこのような行動に出るとは予想しておらず、史晶は一瞬、絶句してしまった。

「あ、ああ……」

驚きもつかの間、たちまちやにさがった顔になった史晶は、クリーム付きイチゴ大福にしゃぶりつく。

「あ、あたしも、あたしもやりたい〜♪」

友人の抜け駆けを見た香織もまた、サンタガールの上着をたくし上げると、微乳にクリームを塗って、差し出してくる。

（ったく、しかたない女たちだ）

史晶は左手で葉月の背、右手で香織の背を抱き寄せると、巨乳と微乳に乗ったクリームを貪った。

「さぁ、どんどんお食べ」

葉月と香織は、ホールケーキからクリームを掬い、自らの乳首に盛る。それを史晶が舌で味わう。

「あん、舐めすぎぃ〜」

純白のクリームの下にある赤いイチゴを、史晶は舌先で存分にこねまわした。

おかげで四つの乳首はどれもビンビンに突起して、女たちの顔は紅潮し、目は潤み、口元は半開きとなって熱い呼吸を繰り返す。

（ああ、こんな美味いケーキはじめてだ）

乳首とともに味わうケーキは、たとえようもなく美味で、それを味わっている瞬間は、この上もなく幸福であった。しかし、時間とともにケーキそのものは、そうそう食べられるものではないということを実感させられる。

「もう食えねぇ。おまえらは俺を糖尿病で殺すつもりか？」

性的な興奮と血糖値が上がりすぎたのか、頭がクラクラする。

女たちに抱きついたまま床にへばった史晶を、香織はケラケラと笑う。

「だらしないなぁ」

「次は史晶くんの番ね」

葉月の言葉に、香織も賛同する。

「そうね。服を脱いで。そこのソファに腰を下ろして、大きく股を拡げて」

フラフフの史晶は、女たちの指示に従ってクリームまみれになった部屋着を脱ぎ捨てると、ソファに浅く腰をかけて、背もたれに身を預けながら股を大きく開く。

「こうか？」

当然ながら、逸物が隆々とそそり立っている。

「うわ、偉そう」

男の股の間に入り込んだ香織が、逸物をツンツンと突っ突く。

「堀川さん、どうせだから、この史晶もデコレーションしちゃおう」

「了解」

「え、おい」

史晶が止める間もなく、余っていたホールケーキからクリームが運ばれてくる。

たちまち史晶の逸物はクリーム塗れになった。……だけではなく、史晶の全身にもクリームが塗られた。

それを見て香織はクスクスと笑う。

「さすが、堀川さん。むさい史晶も、すっかり美味しそうになったわ」

「そうね。では、いただきましょう」

葉月と香織が、史晶の全身に塗られたクリームを舐めはじめた。腋の下や、臍、そして、乳首が女の二枚の舌で舐められる。

「くっ」

左右の乳首を、女たちの舌で同時に舐められた史晶は呻き声をあげる。

予想以上に気持ちよかったのだ。しかし、女に乳首を舐められて感じるというのは、男としてどうなのだ、という見栄から必死に喘ぎ声を嚙み殺す。

舌をねちっこく動かしながら香織は、史晶の顔を見上げて嘲笑する。

「うふふ、史晶ってばかわいいぃ」

「男が我慢している姿。そそります」

葉月もノリノリだ。

「おまえらな」

女たちに全身を舐めまわされながら史晶は、諦めて好きにさせる。

そこにテーブルの上から莉緒奈が転がるように落ちた。

「あなたたちだけずるいぃ〜〜〜。わたしも史晶くんケーキ食べたい」

「わかりました。どうぞ」

香織が席をあけると、手足を縛られている莉緒奈は、ぴょんぴょんと跳ねて寄ってきた。

見かねた葉月が、テープを解いてあげる。

結果、ソファに腰かけた史晶の股の間に、香織、莉緒奈、葉月が並んで正座した。

「メインディッシュは取ってあります」

葉月が指し示したのは、クリーム塗れの逸物だ。

それを見て莉緒奈は嬉しそうに、自らの頰を手で抑える。

「あらあら、こんな美味しそうなケーキ、はじめてみたわ」

「渾身のできです」

葉月は真顔で頷く。

「もう好きにしてください」

悟りの境地に達した史晶は、ソファの背もたれに大の字になって身を預けて天井を見る。

「それじゃいただきま〜す」

瞳を輝かせた三人の痴女は、タイミングを図っていっせいに、クリーム塗れの逸物に顔を近づけてきた。

(うわ)

まるで肉食獣の群れに襲われた小鹿のような気分になり、史晶は怯えた。

ペロリ、ペロリ、ペロリ……。

三枚の舌によって、逸物に付着していたクリームがそぎ落とされていく。

(食われる。おち×ちんを食われてしまう)

自分のおち×ちんが痴女たちにしゃぶりつされる図を、史晶は呆然と見下ろした。

やがて満足したらしい莉緒奈がため息をつく。

「史晶くんのおち×ちんって改めて見ると、ほんと大きいよね」

葉月が頷く。

「うん、これを入れられたとき、股が裂けるかと思った」

「あたしも。でも、すぐにまた欲しくなっちゃうんだよね。そして、再度入れられると、これがまぁ、身も心も蕩けるほど気持ちよかったわぁ」

恍惚とした香織の感想に、莉緒奈が反応する。

「香織ちゃん、あれからまたやったの？」

「ええ、実は昨日、バイト先の休憩時間にやられました」

「ええ、バイト先の休憩時間って。そんなときにやるだなんて、史晶くん見かけによらず、肉食系ね」

肉棒の裏筋に盛られたクリームを舐めながら、葉月は軽蔑した眼差しを向けてくる。

「鬼畜の所業」

いや、俺が誘ったわけではない。と史晶は反論したかったが、姦(やかま)しい女たちに口で対抗するのは無意味だと思って押し黙った。

その間に、女たちの話題は変わる。

「それにしても、これっていわゆるフェラチオっていう行為よね」

莉緒奈の質問に、香織が答える。

「ちょっと変則的ですけど、そうだと思いますよ」

「わたしね。フェラチオって行為は知っていたんだけど。男のおしっこをするところを咥えるって、いくら史晶くんのものでも絶対に無理って思っていたの。でも、クリームがかかっていると、まったく抵抗ないわね」

いわれてみると、史晶にとってもはじめてのフェラチオ体験なのだが、あまりフェラチオされているという気分はしなかった。

サンタガールの香織が頷く。

「あ、それあたしも思っていました。でも食べてみると、おち×ちんって美味しぃぃ～」

「睾丸、ちゃんと二つある」

クリームの中から発掘した陰嚢を、葉月は興味深そうに弄る。

「え、本当？　本当だ」

「あは、ここが史晶くんの急所なのよね」

異性の生殖器に、関心を持ったフェラチオ初体験の三人娘は、交互に肉袋を咥え、口内に睾丸を吸引してきた。

（あ、ちょっとそれはケーキじゃない。ケーキじゃないから、噛むのはやめて……）

男にとっての最大の弱点である。それを女の子たちの口内で弄ばれるのだ。

いつ女の前歯で陰嚢を噛み切られて、口内に飲み込まれてしまうかもしれないという恐怖を感じた。

そんな竦み上がった睾丸を味わった葉月は、史晶の顔を見てにっこりと笑う。

「田代くんのおち×ちん、とっても美味しいです」

「そ、それはよかった」

頷き返しながら、史晶は背中がゾクゾクした。

(うわ、あの真面目な堀川さんが、おち×ちん美味しいって、実は堀川さんも淫乱なのかも。かわいいけど)

その横で香織も楽しげに二つの睾丸を、まるで葡萄をついばむようにレロレロと舐めているが、こちらは違和感のない光景だ。

(こいつがドスケベ淫乱女なのは、まぁ、見た目どおりだよな)

やがて睾丸舐めに満足したらしい三人娘は、協力して肉棒を舐め上げてきた。

亀頭部に達したところで、香織が不思議そうに小首を傾げる。

「あたし、思ったんだけど。史晶のおち×ちんって先っぽが出ているだけで、大半は皮の中に包まれているわよね。これって包茎っていわない?」

ドキ！

女性に包茎呼ばわりされると、男は意味もなく慌てる。

「いや、これは仮性包茎っていって、高校生男子はこれで普通らしいわよ」

「それくらいわたしも知っているわよ」

よけいなことを言ったと思ったのか、香織はばつが悪そうに顔を背ける。

その背中を慰めるように、莉緒奈が撫でた。

「うふふ、包茎おち×ちんを見たら、剝くのが女の嗜みだというわよ」

「レオナお姉ちゃん、な、なにを……」

史晶は嫌な予感がして、うろたえる。

黒い笑顔を浮かべた莉緒奈は、左右の年下の女たちの顔を見た。

「どうせだから、三人で剝かない？」

葉月が即座に応じた。

「賛成」

「あ、あたしもそれをいたかったのよ。男って包茎剝かれると痛くて泣いちゃうんでしょ。あたしたちも処女膜をぶち抜かれて、死ぬほど痛い思いしたんだし、史晶にも味わってもらわないと！」

香織の意見を受けて、莉緒奈は優しい笑顔で質問してきた。

「そうね。史晶くん、わたしたちに剝かれるの、いや？」

「そ、それは……」

痛い体験はできたら遠慮したい。しかし、香織のいうとおり、三人には破瓜（はか）の痛みを味わわせておいて、自分だけはイヤというのは筋が通らないだろう。

「よ、よろしくお願いします」

「任されました」

莉緒奈は満面の笑みで応じる。

かくして、三人の痴女による、包茎男根の皮剝きミッションが始まった。

三枚の舌が交互に、包皮から少しだけ顔を出している亀頭を舐め、実と皮の間に濡れた舌を入れていく。

「ああ……」

ケーキの油のおかげだろうか、女たちの舌はかなりスムーズに入り込んでくる。

不安になる史晶とは逆に、男の皮剝きという滅多にできない体験にテンションを上げているのか、三人とも目をキラキラさせていた。

（くっ、三人ともち×ぽ舐めながら楽しそうな顔しやがって……）

内心で悪態をつく史晶をよそに、三人は軽く目で合図をすると、包皮の三カ所をそれぞれの前歯で咥えて、ぐいっと引き下ろした。

「ギャッ！」

いきなり剝けるだけ剝き下ろされて、史晶は断末魔の悲鳴をあげてしまった。

はじめて外界に出た亀頭を見て、香織が感嘆する。

「うわ、真っ赤で痛々しい」

「うおお」

悶絶する史晶を見て、莉緒奈が慌てる。

「ごめんなさい。史晶くん痛かった？」

「つー……」

返事ができないのを見て取った葉月が、剝き出しの亀頭をカプリと口に咥える。

「はぁ……はぁ……はぁ……」

空気に触れているだけで痛かった器官を、葉月の温かい唾液に包まれたことによって人心地ついた。

「史晶くん、大丈夫？」

不安そうな顔をした莉緒奈に質問されて、引きつった顔の史晶は頷く。

「はい。なんとか、葉月のおかげで」

命の恩人といった気分で史晶は、逸物を咥えてくれている葉月の頭髪を撫でる。

「あらあら、葉月ちゃん、ポイントを稼いだわね」

「仕方ない。ここは堀川さんに譲りましょう」

「そうね。わたしたちはこっち」

頷き合った香織と莉緒奈は、史晶の股の下に潜り込んだ。そして、肉袋に左右から口づけすると、それぞれの口内に睾丸を吸い取った。

「ひっ」

史晶は悲鳴を飲み込む。

(やめて、なにその完璧なフォーメーション。も、もうダメだ)

莉緒奈と香織の口内に一つずつ咥えられた睾丸から駆け出した熱い血潮が、合流して肉棒を駆け上がる。そして、葉月の口内で噴き出した。

ドビュドビュドビュドビュ！

「……」

射精が終わると、葉月は口内に溜まった液体を漏らさないように注意しながら慎重に男根を吐き出す。

「堀川さん、あたしにも史晶のクリームちょうだい」

睾丸を吐き出した香織が、葉月の唇を奪った。

「んっ」

葉月は目を見開いた。

まさか女同士で接吻することになろうとは予想していなかったのだろう。

「チューッ」

口内に溜まっていた液体を、香織に吸引されてしまう。

「わたしも、わたしも」

葉月の唇を解放した香織の唇を、莉緒奈が奪う。そして、やはり吸引。

「チューッ」

「もう、強引ですね」

軽く頬を膨らませた葉月が、莉緒奈の唇を奪い、吸引。

史晶の出した液体は、三人の女たちの口内を何度も移動させられたようだ。やがて、男の原液は女たちの唾液によって埋められていき、最後は三人同時に嚥下した。

「ああ、これが史晶くんの精液なんだ。美味しい」

「絶対に飲めないと思っていたんだけど、飲めるものですねぇ」

香織も恍惚とした表情で頷く。

「うん、美味しかった」

葉月も満足げに同意した。

（なに、この痴女たち）

射精をしたことで人心地ついた史晶は、いささか戦慄した。しかし、肉体のほうはそうでもなかったようで、葉月に指摘される。

「おち×ちん、まだぜんぜん元気」

「そりゃそうよ。史晶くんぐらいの年齢なら、抜かず三発はあたりまえ。一日に十発だって、二十発だって余裕でできるというわよ。ねぇ、史晶くん？」

「が、がんばります」

莉緒奈に笑顔で促され、史晶としてはそう答えるしか選択肢はなかった。

「では、再開ってことだけど、葉月さん。どうせなら、あれ、やってみない？　男がわたしたちの胸を見ながら、絶対に想像しているやつ」

「あれですか？」

どうやら、葉月には通じたようだ。

「あは、やっぱり葉月ちゃんも意識していたんだ」

「そりゃ、男のひとはみんな胸を見てきますから、なんでだろう？　と考えます」

葉月は照れくさそうに、顎にかかるもみあげを撫でる。

「それを二人でやってみましょう。潤滑油はケーキで」

「面白そうですね」

莉緒奈と葉月は、頷き合う。

「ああ、おっぱい大きいといいなぁ」

羨ましそうに嘆く香織であったが、二人がなにをしようとしているのかを察して立ち上がると、最後のホールケーキを持ってきた。

「香織ちゃん、ありがとう。では、葉月ちゃん、いくわよ」

「はい。頑張ります」

裸リボンの巨乳コンビは、自らの乳房を両手で持ち上げると、サンタガールの差し出したホールケーキを狭間で潰した。

グチャッ！

定価で買えば五千円以上はするケーキが跡形もなく崩壊した。

そして、ケーキ塗れの大福おっぱいと、ロケットおっぱいが、包皮を剝かれたばかりの逸物を挟む。

「さぁ、甘いケーキを召し上がれ」

「うお」

史晶は歓喜の悲鳴をあげてしまった。

パイズリ初体験だというのに、ダブルパイズリだ。嬉しさが限界を超えてしまった気がする。

「どお、史晶くん、気持ちいい」

「あ、ああ……」

史晶は言葉少なく頷いた。

(なにこの極楽？ もう死んで悔いなし、気持ちよすぎる)

もちろん、極上おっぱい、合計四つに包まれるのは気持ちいい。そのうえケーキの脂でヌルヌルと滑る。

その触感は何事にも代えがたいものだ。

しかし、それ以上に自分の男根が、女性の象徴たる乳房に包まれているという光景が、男を夢中にさせた。

「ああ、嬉しそうな顔しちゃって」

仲間たちと乳房の大きさで張り合っても意味がないと知る香織は、二人の間に顔を突っ込む。

「はいはい、おっぱいの大きな人はいいですね。あたしはケーキに立った蠟燭でも吹いていますよぉ～だ」

ロケットおっぱいと大福おっぱいの狭間から飛び出した亀頭部を、香織の舌先が舐めはじめる。

「うおおお」

ケーキ塗れの乳房たちに挟まれた挙句、初剝きされた亀頭部の裏側を舐められた史晶は、たちまち二度目の射精をしてしまった。

ドビュユユ！

白い乳房の狭間から噴き出した白濁液は、昇竜のように飛んだあと、女たちの顔や頭を穢した。

「あはは、何回出してもぜんぜん小さくならないって、史晶ってばゼツリーン♪　次はあたしのオマ×コの中に出して」

サンタガールが、ケーキ塗れの男根に跨ってきた。

「あ、香織ちゃん、ずる～い」

クリスマスの夜。史晶はクリスマスケーキを食べすぎた。

しかし、過剰にとったカロリーは、一夜にして消費させられたように思う。

第四章　姫はじめは3Pで

「あけましておめでとうございます」

新春。田代史晶は独り静かな正月を迎える……はずであった。

両親は海外だし、最近、史晶の家に入り浸っていた女たちも、さすがに大晦日や元旦は自宅に帰らないわけにはいかなかったからだ。

しかしながら、そのささやかな平穏も、目覚めとともに破れる。

「あ、あけまして、はぅぅぅ」

瞼を開いた直後に木村莉緒奈の顔を見た史晶は、反射的に新年の挨拶を返そうとしたのだが、意味不明の悲鳴をあげてのたうってしまった。

（なんでレオナお姉ちゃんが添い寝しているんだ？）

隣に住むスタイル抜群の女子大生のお姉さん。史晶にとっては初恋の人であり、昨年の暮れに一線を越えた。

その後、猿も恥じらうレベルとやりまくっている関係なのだから、裸で添い寝してくれていても不思議ではない。まして、彼女は悪戯好きの性格だ。このくらいのことで驚いていたら、身が保たない。

冬の朝、美女の柔肌の温もりを感じながら目覚める。これは本来、大変に幸福なことだ。

しかしながら、このとき史晶は、意味のわからない快感に襲われた。

「あらあら、どうしたの？」

にっこり笑った莉緒奈が右手の人差し指を伸ばし、焦る史晶の胸板を撫でてきた。

「い、いや、あの……はぁぁ」

「あはっ、かわいい」

情けない声を出しながら身悶えてしまう史晶の顔を両手で挟んだ莉緒奈は、唇を重ねてきた。

「う、うむ、ふむ……」

単に唇と唇をこすり合わせるだけではなく、唇を開き、互いの舌を搦める濃厚な接吻だ。

（レオナお姉ちゃんとキスをしている。それはいい、わかる。わかるが、なんだこの気持ちよさは……）

寝起きの混乱した頭の中で、初恋のお姉さんと接吻をしながら、史晶は逸物を襲う不可解な快感に悶えた。

（手コキではない。太腿に挟まれた素股ではない。挿入しているわけでもない。これは口内に吸い込まれて、舌を搦められている感覚に近い。いや、でも、レオナお姉ちゃんの唇は俺とキスしているわけで、フェラチオはできない。なんなんだ？）

困惑する史晶の胸板に、莉緒奈の乳房が押しつけられる。

「ぷぁ」

ようやく莉緒奈の接吻から解放された史晶は、原因を確かめようと布団をめくった。

「っ!?」

史晶の身体に寄りそうかたちで、白絹のような艶やかな純白の肌をしたスレンダーかつグラマラスな裸体がある。

これは莉緒奈のものだ。

それとは別に、史晶の逸物を咥えて這いつくばっている女体があった。

夏の日焼けの跡がうっすらと残る健康的な肌に、軽く頭髪を脱色したツインテールが上目遣いに見上げてきている。

「香織、おまえか……」

クラスメイトの櫻田香織だ。

ようやく事態を悟って史晶は安堵する。

「あらあら、バレちゃったわね」

楽しげに笑った莉緒奈は、史晶の頭を自らの胸の谷間に抱きかかえる。

「どんなに気取っている男でも、寝ているときには心の鎧がないから、責められると乱れるというのは本当だったのね。史晶くんの慌てている表情かわいかったわぁ」

「そうですか……」

醜態をさらしてしまった気恥ずかしさから、史晶は乳首を吸うことに専念する。

「あん、もう、史晶くんっておっぱい好きね」

莉緒奈とじゃれ合っていると、男根を口から吐き出した香織が上体を起こし、史晶の腰の上に跨りながら陽気に宣言する。

「では、新年の一発目はあたしがいただきま〜す」

「ちょ、ちょっとまて、おまえ、うお！」

「ダメ、我慢できない」

史晶の静止など当然のように無視され、朝立ちしていた男根が、香織の体内に呑み込まれる。

「ふぐっ」

まだ寝起きで無防備な男根が、ザラザラの膣洞に締め上げられる。その快感に、史晶は喘いでしまった。

「あん、史晶のおち×ちん、寝起きでもおっきいいのぉ」

股を開き、膝立ちとなった香織は、腰をリズミカルに前後に動かした。

「あはぁ」

あまりの快感に、史晶はのけぞってしまう。

女たちの思惑どおりだ。本来、挿入するとき、男は快感がくることを想定して、心の準備をしているものだ。しかし、寝ている最中を襲われると、快感がダイレクトに来る。

(香織のカズノコ天井オマ×コ、気持ちいい。気持ちいいが、これ、逆レイプっていわないか?)

悶絶する史晶をあやしながら、莉緒奈が感嘆する。

「うわ、香織ちゃん、腰を使うの上手(じょうず)ね」

「あたし、チアリーダーですから、足を開くのとか得意なんですよね」

騎乗位で腰を振りながら、どや顔の香織は右足を上げてみせる。

「そうなんだ。わたしも負けていられないわね」

そういって莉緒奈は、史晶の胸板に両手を添え、頬擦りをしてきた。

(そんな淫乱ぶりを張り合わなくても……)

内心で史晶は、情けなく懇願した。しかし、痴女たちが許してくれるはずがない。

莉緒奈は、史晶の腋の下に顔を突っ込み、クンクンと匂いを嗅ぐ。

「ああ、わたし、史晶くんの腋の下の汗の匂い大好き」

「や、やめて、くすぐったい」

「だ〜め、わたし、史晶くんに気持ちよくなってもらいたいんだもん」

うつ伏せになった莉緒奈は、史晶の両の乳首をペロペロと舐めてきた。

「ふお」

寝起きの心の準備のできていない肉体が、淫らな女たちの責め苦によって無様に乱れる。

「ああん、いいわ、史晶のその表情。だらしなくて、もうあたしのオマ×コの奴隷みたいね。それに、あん、史晶のおち×ちん、あたしの奥に届いている。子宮口にゴリゴリ当たっている。この感じ、好き」

ズップン！　ズップン！　ズップン！

男を感じさせ、無様なアへ顔をさらさせることに喜びを見出した香織の腰遣いはもはや、踊るような激しいものとなった。

（あ、そんなち×ちん振りまわされたら、もげそうというか、もげる。ああ、男なのに、おっぱいも気持ちよくて、もう……ダメ……）

若く健康的な美少女の踊るような荒腰と、年上お姉さんの淫らな愛撫に、寝起きの史晶は敗北した。

ドビュッ！　ドビュッ！　ドビュッ！

「ああん、いっぱいきたーーーッ」

男の昂(たかぶ)りを体内で受け止めた香織は、膝を開き、大きくのけぞりながら歓喜の声をあげた。

そして、射精が終わると満足の吐息をつく。

「ふぅ、気持ちよかった。あたしの身体、史晶にやられるたびに敏感になっちゃって。もう史晶のおち×ちんのない生活なんて考えられないって感じ。こういうのをおち×ちんに負けちゃったというのね」

莉緒奈が積極的に頷く。

「あ、わかる。わたしも、史晶くんのおち×ちん入れてもらってないと、それだけで寂しくて、身体が夜泣きしちゃう。さぁ、香織ちゃん、交替よ」

「はぁ〜い」

無様に惚けている男の顔を満足げに見下ろした香織は腰を上げた。

ズボリとドロドロの男根が外界に姿を現す。それを莉緒奈が愛しげに握りしめる。

「うふふ、史晶くんのおち×ちんは今年も元気ね。一度出したくらいじゃ、まったく萎えないんだもん。これなら女三人でのシェアでも我慢できるわ」

「あ、ちょっと、待って、寝起きに連続って、少し休ませて」

「だ〜め」

立ち上がった莉緒奈は、香織に背中を向けて史晶の腰に跨ってきた。

押し出された香織は、史晶の臍のあたりに腰を下ろす。

ズボリ……。

香織の陰になって、史晶からは見えないが、男根は新たな膣洞に呑み込まれた。

「うお」

向きが逆なこともあって、男根への刺激は新鮮であった。

(このたくさんのミミズが這いまわる感じ、レオナお姉ちゃんのオマ×コだ)

ミミズ千匹の名器を誇るお姉さんは、両手でそれぞれ史晶の太腿を押さえながら腰を振る。

「あはは、莉緒奈さんったら、お尻が当たっている」

どうやら、腰を振る莉緒奈は、香織とお尻をこすり合わせているようである。

面白がった香織は、史晶の両手をそれぞれの手を摑み、いわゆる恋人摑みで押さえ込む。

「あはは、史晶の感じている顔って、素敵よ」

「くっ」

史晶から見るとトリックアートにでも騙されているような気分だ。

目前に見えるのは香織の姿なのに、逸物は逆方向に逸らされる。実際に入れているのは背面騎乗位の莉緒奈なのだ。

「あはっ、史晶くんのおち×ちん、もうびっくんびっくんいっている」

莉緒奈の歓喜の声だけを聞きながらも、一発目よりはなんとか余裕のできた史晶が皮肉をいう。

「おまえら、正月は家に帰らないと親が怒るんじゃなかったのかよ」

「だから帰ったじゃない。ちゃんと朝は家族でお節料理を食べてきたわよ。それで友達と初詣行くっていって、出てきたの」

「一年の計は元旦にありっていうからね。張りきっちゃうわよ」

その言葉どおり、莉緒奈は景気よく腰を上下させる。

（くそ、どの女も腰遣いが上手くなりすぎだろ）

必死に耐える史晶の顔を覗き込んだ香織は、膣穴から大量の白濁液を垂れ流しながら前かがみとなり、喘ぐ男の唇を奪った。

「うぐ」

女二人に押さえつけられ、史晶には抵抗の手段がない。

（二人がかりで寝込みを襲うとか、卑怯すぎるだろう。ダメだ、気持ちよすぎて死ぬ）

淫乱女子大生と淫乱女子高生の連携プレイに、凡庸な男子高生が太刀打ちできるはずがなかった。

ドビュッ！

「あはっ、ちゅごい、子宮が熱い、熱いわ〜〜〜」

膣内射精をされた莉緒奈は、歓喜の声を張りあげる。

＊

「ったく、正月早々、寝起きから二発か」

女たちから解放された史晶は、どっと疲れを感じた。

そんな史晶の右頬を、莉緒奈が突っつく。

「それは史晶くんが、女を三人もコマした責任よ」

「そうそう、三股をするんなら、ちゃんと三人とも満足させるのが男の義務よ」

左頬を香織に突っつかれながら、史晶は諦観の気分を味わった。

（なんでこんなことになったんだろうな？）

少なくとも史晶が意識的に、三人の女性と付き合いたいと考えたことは一度もなかった。

気づいたらそうなっていた、というだけである。

「あれ、そういえば、葉月は？」

いまさらだが、三人のセックスフレンドのうち一人足りないことに史晶は気づいた。

莉緒奈が呆れ顔で答える。

「葉月ちゃんは、巫女さんのバイトよ」

「ああ、そういえば、そんなこと言っていたな」

二見高校書道部の伝統として正月は、二見神社で巫女のアルバイトをすることになっているらしい。

冬休みに入ってからというもの、三人の美女美少女との爛れた生活にすっかり溺れていた史晶は、いまさらながら思い出した。

股間をティッシュで拭いながら莉緒奈が提案する。

「朝ごはんを食べ終わったら、初詣がてら、葉月ちゃんの巫女さん装束を見にいきましょう」

「ああ、そうだな」

寝台から抜け出した史晶はシャワーを浴び、身支度を整えてからリビングルームに入った。

そこではエプロン姿の莉緒奈が立っていた。

「史晶くん、お雑煮作ったわよ。食べるでしょ」

「レオナお姉ちゃんが料理……」

史晶は一瞬、たじろいだ。

マネキンも裸足で逃げ出すような文句なしの美人である莉緒奈だが、それだけに箸より重いものを持たない。いや、さすがにそれはないだろうが、料理のできるイメージがまったくなかったのだ。

相手の動揺を見て取った莉緒奈は、不満そうな顔をする。

「な〜にか問題があるのかな?」

「いえ、いただきます。うわー、楽しみだなー」

棒読みで期待を表明した史晶がテーブルについて待っていると、したり顔の莉緒奈は雑煮を運んできた。

「さぁ、召し上がれ」

史晶はお椀をしげしげと見る。特に変わった具材は入っていないようだ。それと確認してから意を決して恐るおそる口をつけた。

(よかった。味も普通だ)

鳥の出汁(だし)が利いていて、餅は柔らかい。

安堵する史晶の横で、お相伴(しょうばん)に与(あずか)っていた香織が感動の声をあげる。

「すご〜い、莉緒奈さん、料理もできるんですね」

「すごいでしょ。と自慢したいところなんだけど、家にあったお母さんが作ったやつを持ってきて、温めただけよ」

胸を張ったあとに、肩を竦めた莉緒奈の返事に、「ですよね～」と史晶は内心で納得する。

だれが作ったにせよ、美味しい朝食を終えた史晶たちは、連れ立って家を出る。

一面雪景色だ。

「うわ、寒ッ！」

オレンジ色のダウンジャケットにスリムジーンズの莉緒奈は悲鳴をあげた。

「堀川さんの巫女装束を見に行くんじゃなかったら、絶対に部屋から出ないわね」

赤いハーフコートに、タータンチェックのミニスカート。そして、鼠色のタイツを穿いた香織が嘆く。

「とっとと行って、とっとと帰ってきましょう」

「賛成。そして、史晶でぬくぬくと温まろう」

莉緒奈と香織は、大真面目に頷く。

二人とも細身なだけに、寒さがよりこたえるようで、速足で歩きだした。それに史晶も従う。

しばし歩いたところで、史晶の右腕に、満面の作り笑顔の香織が抱きついてきた。

「ふ・み・あ・き♪」

「おい」

「あ、いいな。わたしもやりたい」

負けじと莉緒奈まで史晶の左腕に抱きついてくる。

「あー、温かい。冬のカイロは男にかぎるわね」

「そうそう。ぬくいわ～」

「なんだそれは？」

女たちの理屈に呆れながらも、振り払うのは薄情というものだろう。

史晶は諦めて歩きだしたが、左右の腕に美女が抱きついている。なんとも落ち着かない。

美女といっしょに歩くだけで、世間の目は厳しいのに、二人も連れて歩くというのは、もはや棘どころか、針のような視線を四方八方から感じる。

（俺、生きて帰宅できるかな）

そんなことを考えながらも、同時に優越感を覚えないでもいられない。

（いいだろう。こんな美人二人が俺の女なんだぜ）

などと内心で見せびらかしながら、二見神社に向かう。

曇天であり、雪のちらつく、散歩には適さない気候であったが、神社に近づくにしたがって通行人は増えてきた。

その大勢の人とともに、鳥居をくぐって境内(けいだい)に入る。

「堀川さん、いるかな？」

香織の質問に、史晶はぶっきらぼうに答える。

「そりゃいるだろ」

史晶の左腕を抱いている莉緒奈があたりをきょろきょろと見る。

「予想はしていたけど、人いっぱいね」

「正月に客がこないようじゃ、神社として終わっているからな」

「葉月ちゃんは～」

香織があたりを見渡す。

巫女さんの姿は、チラホラと見かける。同じ高校の生徒がバイトしているだけあって見知った顔はいくつかあるが、葉月の姿はないようだ。

史晶はため息をつく。

「この中から見つけるのは至難の業(わざ)だな。とりあえず拝みにいこう。運が良ければ会えるだろ」

莉緒奈が積極的に賛成した。

「そうね。このままじゃ凍え死んじゃうわ」

「ええ、あたしもう、家に帰ってゴロゴロしていた〜い」

そんな怠惰な女たちといえども、ここまできて参拝しないで帰るという選択肢はないようだ。

三人は拝殿の前まで進んで、鈴緒を引いて盛大に鈴を鳴らしてから、小銭を投げる。

「今年の目標は、史晶くんといっぱいエッチする」

「だれよりも史晶の精液を飲む」

二人の宣言を聞いた史晶は、ため息をつく。

「おまえらなぁ、声に出してそういうことを言うなよ」

香織が悪戯っぽい笑みで質問してくる。

「あら、史晶はあたしたちとやりたくないの？」

「えぇ〜、史晶くん、わたしたちの身体に飽きちゃったの」

莉緒奈はわざとらしく悲しそうな表情を作ってみせる。

演技だとわかっていても、史晶は負けた。

「……やりたいです」

「素直でよろしい！」

それから近くの小屋で売っていた御神籤(おみくじ)を引く。

「あたしは中吉。う〜む、微妙」

「わたしは末吉よ。もっと反応に困るわ。史晶くんは、うわ、大吉じゃない」

香織と莉緒奈は、史晶の手元を見て盛り上がる。

「ほんとだ。って考えてみたら、こんな寛容な女たちと付き合えている時点で、ラッキーじゃないなんてありえないわね」

「ほんと、神様はよく見ているわ」

「はいはい、神様に感謝していますよ」

それから三人して近くのご神木の枝に、籤札(くじふだ)を結ぶ。

「あ、あそこで甘酒を配っているよ」

莉緒奈が叫ぶ。

無料で配布されているのだ。飲まねば損と、三人は美味しくいただく。

「はぁ〜、温まるわぁ」

「これぞ神の恵み、生き返るわぁ」

三人で甘酒を楽しんでいると、竹杓で甘酒を掬(すく)っていた巫女さんが声をかけてきた。

「それが最後のお神酒ですから、味わってください」

何気なく巫女さんの顔を見た香織が叫ぶ。

「あ、堀川さん、いた！」

「えっ」

史晶も慌てて、甘酒をくれた巫女さんを確認した。

白衣を着て、緋袴を穿いている。典型的な巫女装束だ。

黒髪をオールバックにして、後ろを和紙で包んでいる。

足元は白足袋に、草履だ。鼻緒は赤い。

純和風の顔立ちをしているから、巫女装束も実に映える。まさに絵に描いたような巫女さんだった。

「うわ、本当に葉月だ。気づかなかった！」

史晶も本気で驚愕してしまう。

単なるバイト巫女なはずなのに、まるで本職のように似合っている。

懐から呪符でも取り出して、悪霊を退散してみせても驚かない。いや、驚くだろうが、そういうことをしても不思議ではない風格だ。

「ふふ、田代くん、櫻田さん、木村さん、来てくださったんですね」

巫女をするうえでの規約でもあるのか、葉月は堅苦しく応じる。

しかし、莉緒奈は頓着せずに歓声をあげた。

「うわ、すご〜い、かわいい〜、似合っているよ〜」

「ありがとうございます」

「ねぇ、ねぇ、写真を撮っていい」

スマホを取り出した莉緒奈のぶしつけな提案に、葉月は鷹揚(おうよう)に応じる。

「かまいませんよ」

香織はパシャパシャと記念撮影を始めた。

一方で、莉緒奈は心配そうな顔で、葉月に耳打ちする。

「巫女さんってさ、処女じゃないといけないんじゃないの？」

たしかにそんな話を聞いたことがあった。緊張する史晶をよそに、葉月は一笑に付した。

「そんな規定あるはずがないでしょ」

言われてみればそうである。まさかバイトにきた女子高生に、処女か非処女か聞くわけにはいかないだろう。まして、その正否を確かめるために処女検査をするわけにもいかないのだ。

(ふだんの葉月もいいけど、巫女姿もまたいいな。神秘的というか神聖な女性は、裏腹にエロさが引き立つ。ああ、巫女姿の葉月とエッチしたい。いや、でも、巫女服を着ていようと着ていまいと、葉月の抱き心地が変わるわけではないわけで……)

しょうもないことで心を乱している史晶の顔を、葉月はもの言いたげな顔で見る。

「どうしかしたんですか?」

「いや、似合うな、と思って」

言葉に詰まる史晶に、葉月がジト目を向ける。

「どうせ、田代くんのことですから、巫女装束でやりたいとか考えていたんでしょ」

「うっ」

心を読まれている。酢を飲んだような顔をした史晶を前に、葉月は呆れたようにため息をつく。

「はぁ~、男は巫女装束に発情するから気をつけるように、と先輩に忠告を受けていたんですが、まさにそのとおりですか」

「はは」

史晶としては笑って誤魔化すしかない。

「引き留めて悪かったな。仕事をサボっていたら、怒られるんじゃないのか?」

「いえ、今日はこれを配り終わったら、もう上がっていいと言われたので問題ありません」

葉月が竹杓を入れて汲み上げていた桶は、もう空っぽだった。

「そうか。それはちょうどよかったな。いっしょに帰るか」

「そうですね」

そんなときである。巫女さんの独りが寄ってきて、葉月に向かって両手を合わせた。

「いたいた、堀川さん。上がりのところ悪いんだけど、もう三十分だけ売店を見てもらっていい？」

「はい。わかりました」

「ありがとう〜」

どうやら、葉月のバイト時間は延長となったようだ。

「あと三十分だろ。それくらいなら待つよ」

と史晶は申し出たのだが、香織と莉緒奈は、「えー、寒いのはイヤだ」と言って先に帰っていった。

「薄情なやつら」

と史晶は吐き捨てたが、二人とも葉月に気を遣ったのかもしれない。

拝殿の近くにあった、先ほど史晶たちが御神籤を買った売り物小屋に葉月は入った。
そして、木製の椅子に座る。
「御神籤ください」
「はい。どうぞ」
参拝を終えた客が、葉月の前にきて御神籤を買う。
その定番の光景を史晶は、独りで眺めることになった。
（葉月のやつ、堂に入ったものだな）
恋人の仕事ぶりを感心して見ていた史晶であったが、そのうち思った。
（暇だ）
たかが三十分、されど三十分。冬の寒空のもと、なにもすることなく待つとなると
さすがに長い。
神社の中を見て回って時間を潰そうとも思ったが、無駄に体力を消耗しそうなので
断念した。
（さみー……こりゃ、レオナお姉ちゃんや香織のやつと帰ったほうが正解だった
か？）
手持ち無沙汰で困っていた史晶であったが、ふと思い立った。

客が途切れたところを見計らって売り物小屋の裏にあった出入り口からそっと忍び入ると、椅子に座る葉月の足元に四つん這いで移動する。

「なにをしているんですか？」

仕事中の葉月が冷たい眼差しで見下ろしてくる。

「邪魔はしないから」

両手で拝んだ史晶は、緋袴に包まれた足を撫でる。

「……」

葉月は、アホな子を見るような哀れみを込めた眼差しで見下ろしてくるが、止めはしなかった。

それをいいことに史晶は、緋袴をめくる。

（あ、この袴って、スカートみたいになっているんだな）

巫女服の構造に感心した史晶は、緋袴の中に頭から入った。

（袴の中、温かい）

冬の寒気に冷やされた頬が蘇（よみがえ）るようだ。

さらなる暖を求めた史晶は、白い脹脛（ふくらはぎ）に頬擦りをする。

（ああ、生き返る……）

史晶が温かいということは、葉月のほうは冷たいと感じているのかもしれないが、文句は言ってこない。

それをいいことに史晶は、両の頬、右に左にムチムチの内腿にくっつける。

（葉月ってこうほどよく肉があるからな。だから抱き心地が最高にいいんだけど）

スレンダー美人の香織、スレンダーかつグラマラスな莉緒奈が聞いたら、尻の一つも捻りたくなるような感想を持ちながら、史晶の顔はさらなる熱を求めて奥に進んでいった。

パフ！

気づいたときには、史晶の顔は白く温かい布地に埋まっていた。すなわち、白いパンティに顔面を押しつけていたのだ。

（ああ、ホカホカだ。それにいい匂い。女の温もりってなんでこんなに癒されるんだろうなぁ）

哲学的なことを考えながら、特に答えを求めるでもなく、史晶はパンティ越しに柔らかい、モリマンの弾力を楽しむ。

さらには薄い生地越しに浮かんだ肉割れに、鼻の頭を突っ込んだ史晶は思いっきり深呼吸をした。

「スー……ハー……スー……ハー……」

もちろん、パンティを脱がしたいという願望はあったのだが、椅子に座っている女のパンティを脱がせるのは無理がある。

あまり葉月のバイトの邪魔をするのも本意ではない。パンティ越しの温もりと匂いを嗅ぐに留める。

そんな変態男を股の下に隠しながらも、葉月は真面目に仕事をしているようだ。

参拝客に対応している声が、頭上から聞こえてくる。

「ありがとうございます。あちらのご神木にお結びください」

特製カイロで史晶が暖を取っているうちに、約束の三十分が過ぎたようだ。

「堀川さん、ありがとう。助かったわ。もう上がっていいわよ」

「はい」

葉月は無言のまま、緋袴越しに股の間に入っている頭を叩いた。

史晶は慌てて、袴の中から抜け出す。

二人は売店の小屋から出る。

「ごめん、つい調子に乗っちゃった」

「……」

おどけてみせる史晶を、黒目がちの大きな目はジロリと睨む。

「ついてきてください」

薄い雪の積もった玉砂利の上で踵を返した葉月は、スタスタと歩きだす。

（あ、もしかして怒っている？）

不安になった史晶は、葉月のあとをスゴスゴとついていく。

葉月は本殿の裏側から草履を脱いで入り、史晶も靴を脱ぐ。

そして、たどり着いたのは二畳の畳の敷かれた狭苦しい一室だ。

「ここは？」

「茶室だそうです」

葉月はその場で正座をした。それを受けて史晶も腰を下ろす。

（お茶でも淹れてくれるのかな？）

戸惑う史晶に、葉月は端然と応じる。

「先輩から忠告を受けていました。男は巫女装束を見ると絶対にやりたがるって。恋人のいる者は注意しろと」

「なるほど」

史晶は、巫女さんの恋人を持った諸先輩の気持ちが理解できた。

葉月はため息交じりに続ける。

「そして、どうしてもやむをえない場合はここを使うように、と」

「え、どういうこと？」

戸惑う史晶に、頬を染めた葉月は呟く。

「帰る前に一発やっていきましょう」

「え、いいの？」

驚く史晶に、葉月は吐き捨てる。

「まったく、あんなことをされたらわたしだって我慢できません」

「俺も我慢できません」

史晶は即座に、葉月を押し倒した。

ぴっちりと合わさっていた白衣の合わせ目を豪快に左右に開く。

すると、白いブラジャーに包まれた巨大な双山が飛び出す。

それを見下ろして、史晶はいまさらながら小首を傾げた。

「着物のときって下着をつけないのでは？」

葉月はジト目で応じる。

「それは都市伝説です。アホな男が信じているとは聞いていましたが、田代さんもでブラジャーの外し方を覚えたのだ。

「面目ない」

恥じ入りながらも、史晶はブラジャーを外した。もはや史晶も、ブラジャーの外し方を覚えたのだ。

バインッと擬音が聞こえてきそうな勢いで、巨大な乳房が二つ姿をあらわす。

大好物である巨大な大福餅を両手に持った史晶は、豪快に揉みしだく。

「あん」

白かった柔肌にピンク色の指の跡をつけた史晶は、葉月の首回りにネッキングをしてから、先端を飾る大きな桜の花びらを口に含む。

寒風にさらされたせいか、乳首が陥没していた。しかし、史晶が吸引してやると、すぐさまピコンと飛び出す。

「あん、ふむ、あん……」

勃起した乳首を吸われるのは気持ちいいのだろう。葉月は慎ましい喘ぎ声をあげだした。

(このまま乳首だけでイカせてあげたい気もするんだけど、それはちょっと時間がもったいないか)

ここが巫女さんたちの伝統的なやり部屋だとしても、そうそう長時間、過ごしていい場所ではないだろう。

すばやくやって、終わらせねばならない。しかし、巫女装束の葉月をもっとじっくりと楽しみたいという願望も抑えがたかった。

ともかくも、断腸の思いで乳房から顔を上げた史晶は、緋袴を豪快にたくし上げる。

むっちりと色白で大根のように健康的な二本の足と、純白のパンティがあらわとなった。またぐり部分はすっかり濡れてしまっており、黒々とした陰毛と陰唇を透けて見せている。

微笑した史晶は、クロッチ部分を指先で撫でてから、仰向けになっている葉月の鼻先にかざしてやる。

「神前だというのに、こんなに濡らして、いけない巫女さんだ」

「田代さんのせいです」

自分の糸引く愛液を見せつけられて葉月は、恨めしげに睨んでくる。

「まぁ、そうなんだけどね」

自分の非を認めた史晶は、パンティの左右の腰紐を指で摘まむと、スルスルと引き抜いた。

パンティの裏地と、葉月の股間の間に濃厚な糸を曳く。

なくしてはいけないので、右足だけ抜いて、左足首に留める。

「それでは、エロエロ巫女さんのオマ×コを味わわせてもらいましょう」

真面目な少女を蟹股開きにして、黒々とした陰毛に彩られた股間に顔を埋める。

「あん」

葉月は慌てて両手で口元を抑える。

「いや〜、さすが淫乱巫女さんのオマ×コ汁は甘いね。甘酒よりも、こっちのほうが断然、甘くておいしい。温まる」

「ああ、そういうことを言わないで……はぅ」

言葉責めにされて葉月は、恥ずかしそうにピクピクと震える。

(やっぱり、葉月ってばかわいいわ。女には恥じらいが必要だよな)

莉緒奈や香織は、もう開き直ってしまっているというか、明け透けにエッチ大好きな淫乱女たちだ。

対して、葉月は根が大和撫子というのだろうか。いまだにどこか奥手なのだ。

本来なら、莉緒奈や香織のような女たちと混じって、乱交できる性格ではない。

(だからこそ、恥ずかしい目にあわせて、楽しませてあげたくなるんだよな)

張りきった史晶は、濃縮な特製甘酒のあふれる女性器を舐めまわしつつ、両手を頭上に伸ばして、大きな乳房を揉みしだき、指の狭間（はざま）で大粒の乳首を扱く。

「ああん、そこはダメ、そんなこと、されたら、わたし、わたし、わたし、ああ！」

左右の乳首と陰核の三点責めに耐えられず、清くあるべき巫女さんは両手で史晶の頭を抱きながら、ビクンビクンと痙攣する。

(真面目な葉月のイキ顔、いつ見てもいいなぁ)

史晶が見惚れていると、トロンとした眼差しの葉月が訴えてくる。

「田代さん、そろそろ」

「なんですか？」

「わかっているでしょ」

もちろん、ことここに至った女の願いなどわかりきっている。しかし、史晶はとぼけた。

蜜のあふれる膣穴に、右手の人差し指を入れて、ゆっくりとかき混ぜながら応じる。

「葉月のおねだりの言葉が聞きたいんです」

「……」

葉月が恨めしげな顔で睨んできた。史晶は懲りずに揶揄（やゆ）する。

「俺のおち×ちんが大好きだ。俺のおち×ちんがないと生きていけない。俺のおち×ちんの奴隷だ。どれでもいいですよ。そう神様に宣誓しちゃってください」

「罰当たりですね」

「いやなら、別にいいんですよ。言うまでオマ×コを弄り倒すだけですから」

膣穴を穿りながら、もう一方の手で陰核を摘まんでやる。

「はぅ」

ビクンと開いた腰を持ち上げた葉月は、ためらいながら口を開く。

「神様。わたし堀川葉月は、田代史晶のおち×ちんが大好きで、おち×ちんがないと生きていけないおち×ぽ奴隷なんです。ですから、早くおち×ぽを入れてください」

「その願い、叶えてしんぜよう」

悪乗りして応じた史晶は、葉月の蟹股になった腰を上げさせた。いわゆるまんぐり返しの姿勢を取らせつつ、葉月に結合部がよく見えるようにして、いきり立つ逸物をゆっくりと押し込んでいく。

「あ、ああ……」

自分が貫かれる光景を見上げて、葉月は気持ちよさそうに目を眇める。

(うお、奥へ奥へと引きずり込まれる。こういうのを蛸壺型っていうんだろうな。一度入ったら抜け出せない感じだ。まったくおとなしい顔してなんてえぐいオマ×コしているんだ。

すぐにでも絞り取られそうになるのを気合いで止めて、史晶は必死に見栄を張る。

「さてと、神様に葉月は俺の女だということを見せつけてやりますか」

勇んだ史晶は両手を伸ばして、葉月の乳房を手に取ると、背を丸めて乳首を吸いながら腰を上下させた。

ガツン！　ガツン！　ガツン！

史晶の亀頭が、葉月の子宮口を打ち据える。

「あ、ああ、ああん」

史晶の狙いどおり、葉月は気持ちよさそうに喘ぎだしたが、その音量にいささか慌てる。

「ちょっと、葉月、声、大きすぎ」

ここは自宅ではないのだ。いくら巫女さん御用達のやり部屋だといっても、変な声を聴かれたら怒られるだろうことは予想がつく。

葉月も慌てて口元を手で押さえるが、困った顔で応じる。

「わ、わかっているんだけど……田代くんのおち×ちんでズコズコされるとどうしても声が出てしまいます」

「しかたないな」

エッチを中断しようかとも考えたが、たまたま葉月の左足首にかかっていたパンティが目に止まった。

閃(ひらめ)いた史晶は、葉月のパンティを抜き取ると、そのまま口唇へと押し込んでやる。

「ふむ」

自分の脱ぎたてのパンティを咥えさせられるのは、女にとっては屈辱であろう。葉月は驚いて目を見開く。しかし、史晶の興奮は、いや増した。

(パンティを咥えている女の顔も、かわいいな)

ただでさえ葉月のような真面目少女のトロ顔は、男心をおおいにくすぐるのに、いまは巫女姿だ。神聖な女性を穢す禁断の歓びを感じる。そのうえ口元にパンティを咥えさせることで、被虐美がいや増した。

(せっかく、こんなところでやるんだしな。葉月には思いきり楽しんでもらいたい)

張りきった史晶は、葉月の両足の膝の裏を持ち、足の裏を天井に向けさせながら腰をゆっくりと抽送させた。

「ふん、ふん、ふん……ふぐ」

口で呼吸のできない葉月は、鼻息を荒くしてしまっている。

昨年の暮れ、冬休みに入ってから、三人の女とやりまくっているのだ。史晶もだいぶ、女の肉体の秘密というのがわかってきた。

荒々しくすばやく男根を打ち込んでやれば、女は獣となり身も世もなく絶頂する。しかし、それだけでは単調で味気ないものになるし、男としても疲れてしまう。

それよりも、腰遣いを工夫したほうが、ゆっくりと時間をかけて楽しめるし、女もより深い絶頂に堕ちるように見受けられた。

そこで史晶は、慎重に男根を操る。恥骨の裏側を擦るようにして押し込み、子宮口に亀頭部を押し込む。

(葉月は、最深部をち×ぽで押されるのが、特に好きっぽいからな)

男に見抜かれてしまっている急所を丁寧に責められた葉月は、ひと突きごとにビクンビクンと背筋をのけぞらせ、大きな乳房をプルンプルンと躍動させた。同時に蛸壺型の膣洞を収縮させ吸引してくる。

(くっ、この絡みつくようなオマ×コの動き、反則だろ。しかし、よし、そろそろイクな。いけ!)

かわいい巫女さんを絶頂させることに喜びを感じる史晶の腰遣いは、どうしても激しいものになっていく。

「フグググゥゥゥゥ！」

背中で太鼓橋を作るように葉月はのけぞった。大きく口をあけて、唾液に濡れた白いパンティをさらしながら痙攣する。

同時に膣洞も、みっちりと男根に食いつき吸引してきた。

（うお、絞り取られる……負けるか！）

女の絶頂痙攣に釣られて、射精運動に入った男根を、史晶は気合いで止めた。

「ふぅ、ふぅ、ふぅ……」

絶頂を終えた葉月は、ぐったりと脱力し、涙目で史晶の顔を見つめてくる。その表情が不満そうだ。

女としては、いっしょに絶頂してもらいたかったのだろう。その気持ちは痛いほどわかる。しかし、史晶は舌なめずりをしてうそぶいた。

「まだまだ、神様にエッチな巫女さんを見てもらわないとな」

射精したくてできなかった逸物がギンギンになっている。それを突っ込んだまま葉月を左回りに半回転させて、うつ伏せにさせた。

史晶の眼下には、薄紫色の肛門がさらされてヒクヒクしている。

「いくぞ」

突き出させた餅尻を左右から摑み、史晶は腰を叩き込む。

パン！　パン！　パン！　パン！

「うん、うん、うん、うん」

勢いよく史晶の腰と葉月の尻がぶつかり合い、柏手が打たれる。

パンティを嚙みしめた葉月は、畳に指を立てて耐えた。

（ヤバ、葉月のオマ×コ気持ちよすぎ、もう出そう。いや、まだまだ、まだ出すのはもったいない）

史晶はなんとか自分の射精を我慢して、葉月だけを絶頂させようと、両手を腋の下から入れて、大きな乳房を摑んだ。

ただでさえ大きな乳房が、釣り下がったことでさらに大きくなっていた。

（この大福餅が美味いんだよな）

激しく腰を使いながらも史晶は握力の限界に挑戦するように、柔らかい乳房を揉みしだき、先端の桜の花びらを摘まんだ。

結果、葉月は再び高まってきたようである。

トロトロの蛸壺型膣洞が、今度こそ男を絞り取ろうと凶悪な収縮運動を始めた。

（まだだ、まだ負けない。葉月だけイカせる。くぅぅぅ）

キュンキュンキュン……。

美少女巫女さんの絶頂痙攣は、一度目よりもさらに激しかったが、鉄杭のように女肉の中で存在を誇示しつづける。

（ふぅ、なんとか耐えた。今朝、レオナお姉ちゃんと香織とやっておいてよかった）

今日はすでに二発出しているというのが、アドバンテージだったのだろう。史晶の逸物はいまだ健在だ。逆に連続絶頂させられた葉月は、すっかり脱力してしまっている。

「まだまだ、神様への供物はもっと淫らに美しく整えないとな」

うそぶいた史晶は、葉月をさらに左回転させて、左肩を畳みにつけた状態で、緋袴に包まれた白くて美味そうな足を担ぎ上げた。

パンティを咥えながらの二度の絶頂は、苦しいのだろう。葉月の白かった顔は真っ赤になっていて、目からあふれた涙の雫が頬を濡らす。

その被虐美が男をさらに狂わせる。

「ふんふんふんふん」

横位での荒々しい突貫を繰り返し、葉月を三度の絶頂に導いた史晶は、さらに左回転させて、再び仰向けにさせた。

「はぁ、はぁ、はぁ……」

史晶も荒い呼吸をしていた。

(もう、限界だ。出してぇ)

しかし、このまま出したのでは竜頭蛇尾(りゅうとうだび)に感じる。ここまで我慢したのだから、もっと豪快に決めたい。そう考えた史晶は、葉月の尻に両手を回して抱き寄せると、そのまま根性で立ち上がった。

「ふぐっ!?」

対面の立位。俗にいう駅弁ファックである。

はじめての体位に驚き慌てた葉月は、両手両足で必死に史晶の頭を抱いてきた。

(驚いている。驚いている。いくぞ、今度こそ、葉月のオマ×コをぶち抜くほどに出してやる)

小柄な少女といえども、四十キロ以上の体重はあるだろう。かなり重たいが、そこは男のやせ我慢のしどころだ。

我慢に我慢を重ねた男根を爆発させようと、史晶は抱き上げた女を突き上げる。

「ふん、ふん、ふん」

ここまでの一方的な連続絶頂によって、葉月はすっかりでき上がってしまっているようだ。子宮口に突き刺さった男根が、そのまま体内を通って喉に入っているというかのように、のけぞり惚けている。

パンティを咥えた口元から涎をあふれさせ、目元からも涙があふれている。せっかくの美少女が台無しだが、こんなトロ顔をさらしてくれるのは、自分の前だけだろう。

(くぅ、たまらん。こんないい女、絶対に神様になんかやらねぇ。神様はそこで指を咥えてみていろ)

そんな罰当たりなことを考えながら、史晶は欲望を爆発させた。

ドクン！ ドクン！　ドクン！

「ふぅぅぅぅぅ」

膣内射精を受けて、葉月は満足そうに呻いた。

すべてを出しきった男根が、力を失ったところで葉月を、畳に下ろしてやる。

それから、葉月の口唇から濡れてドロドロになったパンティを引き抜いてやった。

「うご……はぁ……はぁ……はぁ……」

完全に腰が抜けたようすで蟹股開きになっていた葉月は、新鮮な空気を求めて喘いでいる。

ついで、ブルッと震えたかと思うと膣穴から白濁液をあふれさせ、緋袴を穢した。

その光景は、神聖にして不可侵な巫女さんとやってしまったのだ、と男に深い満足感を覚えさせてくれた。

史晶はティッシュで後始末をしてやる。巫女服に染みができたら一大事だ。

やがて理性を取り戻した葉月は身を起こし、ブラジャーをつけながら語った。

「この部屋のことを教えてくれた先輩から聞いたんですけど、正月にここでやったカップルは絶対に上手くいくというジンクスがあるそうです」

「そ、そうなんだ」

「はい」

葉月はしばしものいいだけに史晶の顔を見た。ややあって自嘲の笑みを浮かべる。

「あてになりませんけどね」

「そうかな?」

三股している男としては、どうしても言葉を濁さざるをえない。

それを聖母のように許容してくれる女は、巫女装束を脱いで私服に着替える。

「早く帰りましょう。こんな濡れたパンティをいつまでも穿いていたら風邪をひいてしまいます」

第五章　晴れ着とバイブと緊縛と

「ジャ〜ン。どうかしら？」

正月三が日も開けて、そろそろ新学期のことを意識せねばならなくなった日の午前中、田代史晶は自宅のリビングにて、同級生の櫻田香織と堀川葉月の二人と冬休みの宿題をしていた。

史晶独りだったなら、やらなかったかもしれないが、半同棲中の女たちに無理やり付き合わされていたのだ。

そこに陽気な声で、ズカズカと入ってきたのは、隣の女子大生・木村莉緒奈である。

「……あ」

またなにか悪巧みでも思いついたのかと思い、なにげなく視線を向けた史晶たちは絶句する。

莉緒奈が予想外のいで立ちをしていたのだ。

赤い振袖を身にまとい、顔には白化粧を施し、唇には真っ赤な口紅。艶やかな頭髪は結（ゆ）い上げられ、精緻な細工の施された花飾りをつけている。肩には白いフサフサの羽毛のショール、手には絹のバック。足元は白い足袋だった。

混乱する史晶の横で、ツインテールを跳ね上げた香織が感嘆の声をあげる。

「莉緒奈さん、今日、成人式なんだ。って成人式って、十五日じゃないの？」

慌てて壁にかかったカレンダーを確認する香織に、莉緒奈は苦笑する。

「成人式をやる日付って地域で自由に決められるらしいわよ。夏にやるところだってあるしね。うちの町内会は、年末年始の帰省する人に合わせてやっているのよ。まぁ、実家暮らしのわたしには関係ないんだけどね」

「へぇ～そうなんだぁ」

「だから、昨日は帰ったんですね」

和服の似合いそうな葉月は、納得といった顔で頷（うなず）く。

冬休みに入ってからというもの、莉緒奈、香織、葉月の三人は史晶の家に入り浸っている。シェアハウス状態というか、半同棲に近い。

とはいえ、莉緒奈は大学生、香織、葉月も高校生だ。まったく家に帰らないというわけにはいかず、ちょくちょく帰宅しているようである。そのため史晶はまったく気にとめていなかった。

「それでどう？　どう？　この日のためにお父さんが買ってくれたのよ」

両腕を広げた莉緒奈は、着物の模様を見せつけてきた。色鮮やかな赤い花が幾重にも重なっている。

「素敵です」

「とっても似合っていますよ」

香織と葉月は立ち上がり、近くで確認しながら口々に褒めたたえる。

「……」

史晶がなにも言わずにいると、莉緒奈はにっこりとした笑みで見つめてくる。

無言の圧力に負けた史晶は、慌てて口を開く。

「綺麗です。もともと綺麗なレオナお姉ちゃんがさらに綺麗になった」

「ありがとう」

莉緒奈が満足げな笑みを浮かべたので、史晶は安堵のため息をつく。

香織が感心した声を出す。

「それにしてもレンタルじゃなくて買ったんですか？」

「そうなのよ。うちのお父さんがかわいい娘のためだからって見栄を張っちゃってね」

その場で回ってみせる莉緒奈の装いをしげしげと眺めた葉月が、戦慄した表情で口元を押さえる。

「すごい、一式で百万円近くしてそう」

「え、いやまさか、いくらなんでもそんなにはしないだろう?」

葉月が珍しく冗談を言ったと思い笑う史晶に、香織が真顔でたしなめる。

「するわよ。女の成人式を舐めるな!」

「ええ、晴れ着って本当に高いんですよ」

葉月はどこまでも大真面目である。

「そ、そうなのか?」

振袖の値段など考えたこともなかった史晶は、呆気にとられて頷くしかなかった。

そんなやり取りを莉緒奈は破顔一笑する。

「まぁまぁ、値段のことをいうのは野暮だよね~、ただうちのお父さんは頑張った。わたしが美人でかわいくて愛嬌ある、素直ないい子だから当然なんだけど」

「はは……」

男の家に入り浸っている女が、いい子かどうかは大いに議論の余地を残すであろう。

どう応じていいかわからず、乾いた笑みを浮かべている史晶をよそに、香織と葉月は顔を見合わせて頷き合う。そして、莉緒奈の足元にしゃがみ込んだ。

「莉緒奈さん、ちょっと検査しましょうか」

「え、なになに？」

「それ！」

香織と葉月は、左右から着物の裾を摑むやいっせいにめくり上げた。

「キャッ」

綺麗に着飾った晴れ着のお姉さんの下半身が露呈し、二本の生足とピンクのパンティは丸出しになった。

せっかくの豪華絢爛な装いも、なんとも間抜けな立ち姿になってしまう。

さすがに可哀そうだと思った史晶は、語気を強めてしまった。

「な、なにしているんだ!?」

着物の中を確認した香織は、ジト目で莉緒奈の顔を見上げる。

「パンティとは野暮ですね」

「はい。和服に西洋物の下着は不要です」

香織と葉月は、すばやく莉緒奈のパンティを引き下ろし、奪ってしまった。

午前中の澄明な空気の中に、美しく逆三角形に整えられた陰毛に彩られた股間があらわとなるも、着物の裾はすぐに元に戻された。

「うふふ、大和撫子（やまとなでしこ）たるもの、着物のときはノーパンじゃないとね」

指に引っかけたパンティを振りまわした香織の主張に、葉月は頷いている。

（それ、先日、馬鹿な男の願望だっていってなかったか……）

内心でツッコんだ史晶であったが、声に出す勇気はなかった。当の莉緒奈は、着物の腰のあたりを押さえて困惑顔になる。

「まったくもう、あなたたち、わたしにノーパンで成人式に出ろっていうの？」

葉月が、真面目な顔で頷く。

「大丈夫です。パンティを穿いているかどうかなんて、外からはわかりませんから」

「そうそう、成人式をノーパンで出席したなんて忘れられない思い出になりますよ。それにすっごく興奮して、帰ってきてからのセックスが燃えること請け合いです」

年下の友人たちの悪戯に、莉緒奈は諦めのため息をつく。

「しかたないわね。もう時間がないし、行くわ」

「は～い、楽しんできてね」

身を翻した莉緒奈を、葉月と香織は笑顔で手を振って見送る。

「あ、そうだ」

玄関先で朱塗りの厚底草履を履いた莉緒奈は、振り向く。

「あなたたち、わたしのパンティを奪ったんだから、史晶くんのおち×ちんを枯らしたらダメよ。わたしが帰ってくるまで我慢しなさい」

「ええっ!?」

まさかそんな反撃を受けるとは思っていなかったようで、香織と葉月は愕然とした。

扉を開いた莉緒奈は、軽くウインクをする。

「今日は帰ってきたら、すっごいことやるから。それまでセックス禁止よ。いい？わかった？」

「は〜い」

留守番の高校生の男女はしぶしぶ頷いた。

＊

「本当にしないの？」

華やかなお姉さんが消えたところで、戸惑った表情を浮かべた香織が質問してくる。

「しかたないだろ。おまえらが、レオナお姉ちゃんのパンティを奪うなんて悪戯するから」

テーブルの上に無造作に残されたピンクの布切れを史晶は見つめる。

「そうなんだけど……」

約束を破ったからといって、なにがあるわけでもない。

しかし、四人の関係性はどこか壊れるだろう。ただでさえ、男一人と女三人が付き合っている状態だ。危ういバランスの上で成り立っていることはみな、わかっていた。

そして、この心地よい関係を崩したくないと考えているのだ。

「まぁ、最近、わたしたちやりすぎでしたから、少し休んだほうがいいですよね」

顎にかかるもみあげを指で摘まみながら、そう意見したのは葉月だ。

「う～ん、そうなんだけど……」

昨年の暮れ、初体験をしてからまだ十日程度だ。それから冬休み期間中、史晶の両親が不在というのをいいことに、田代邸に入り浸ってセックスしまくってきた。

正直、みなセックスが楽しくて仕方がないのだ。

その気持ちは史晶も同じだった。やればやるだけ女体には新鮮な発見があってやめられない。

とはいえ、やりすぎだという自覚がないでもなかった。

未練たらたらの香織をたしなめる。

「まぁ、夕方にはレオナお姉ちゃんも帰ってくるだろ。そのときすごいことやるって話だから、それまで我慢しようぜ」

「そうね」

しぶしぶながら香織も納得したので、急遽、禁欲の一日が設けられた。

午前中は先ほどまでと同じく、勉強をして過ごす。

昼飯として、葉月の用意した温かい蕎麦をいただいたあとは、それぞれだらだらと思い思いの方法で時間を潰す。

史晶はテレビゲーム、香織はネイルのお手入れ、葉月は読書をしている。

「莉緒奈さん、遅いね」

物憂げにそう呟いたのは香織だ。

「そうだな」

相槌を打ちながら、ソファに寝そべっている香織を見た史晶は生唾を飲む。

全室床暖房のおかげで、田代邸にいる間は、まるで常春のように過ごすことができる。

そのため、香織は短パンとランニングという健康的な、季節感無視の姿でいるのだが、その全身から、「セックスしたい、セックスしたい」というオーラが立ち昇っているさまが目に見えるかのようだったからだ。

(こいつエロすぎだろ。どんだけセックス好きなんだよ)

そう思いながら、葉月のほうを見ると、七分袖のブラウスとミニスカートの彼女はしきりに内腿をこすり合わせている。

(おまえもか⁉)

どうやら、気づかないうちに二人とも、すっかり史晶のおち×ちんの虜になっていたようである。

(俺もやりてぇ。いやいや、たった半日も我慢できないって、さすがに情けないぞ。しかし、発情している恋人たちを見て見ぬふりをするのは、男としてどうよ?)

無言のまま、セックスしたいとアピールしてくる女たちに囲まれて、史晶は必死に我慢した。

やがて意を決した史晶は、椅子を蹴って立ち上がる。

「っ⁉」

驚きと期待の視線を向けてくる女たちに、史晶は宣言する。

「買い物行こうぜ。夕飯の買い物」

「そ、そうね……」

欲求不満そうではあったが、女たちは納得した。

そこで、冬の外出服に着替えた三人は、近くのスーパーに行く。

途中で、成人式の帰りと思われる羽織袴の男性や、晴れ着姿の女性を見かける。

「莉緒奈さん、そろそろ帰ってくるかな」

「すごいことやるって言っていましたけど、なんでしょうね」

香織と葉月は、顔を見合わせてから、赤面して俯く。

(こいつら、本当に頭の中までセックスでいっぱいだな)

軽く顔を覆った史晶だが、その実、下半身の相棒が疼くのを感じていた。

スーパーの生鮮食品の棚を眺めていた香織が、買い物籠を持った葉月に質問する。

「スッポンって売っている?」

「売っているのを見たことありませんね。あ、鱈が安いですよ。今夜は鱈鍋にしましょう。十分に効果があると思います」

少女たちから聞こえてきた会話に、史晶は戦慄する。

（おまえら、毎日あれだけ絞りとっておいて、まだ欲求不満だというのか？）

ともかくも食材を買って帰宅。

葉月が主に料理をし、香織も手伝ってはいたようだ。史晶も申し訳程度に食器を並べる。

女たちの思惑はともかく、鍋そのものは十分に美味しかった。

鍋を囲みながら、葉月が口を開く。

「莉緒奈さん、いまごろ友だちとお酒とか飲んでいるんですかね？」

「たぶんな」

香織が遠い目をした。

「わたしたちが二十歳になるのは三年後か、そのころ、わたしたちどうなっているんだろうね」

「想像もつかんな」

史晶は首を横に振った。

そのころも、香織、葉月、莉緒奈と付き合っているのだろうか。そうありたいと思うが、そういうわけにもいかないだろう。

では、だれか一人を選ぶか、と考えても、だれと付き合いたいかよくわからない。

食事の片づけが終わったところで、香織が声をかけてきた。

「史晶、先にお風呂入っちゃおうよ」

「ああ、そうだな」

いつ帰ってくるのかわからない、下手をしたら今日はこないかもしれない人を待っているのはストレスだ。

脱衣所で史晶が服を脱ぎだすと、香織と葉月までも当たり前の顔をして服を脱ぎだす。

「おまえら、レオナお姉ちゃんが帰ってくるまで我慢するんじゃなかったのか？」

史晶の皮肉に、葉月が澄ました顔で応じる。

「セックスをしないとは約束しましたが、いっしょにお風呂に入らないとは約束していません」

「そういうこと。それに史晶だって、ビンビンじゃない」

二人の視線が、史晶の下半身に向く。

男の発情状態はじつにわかりやすい。男根は臍に届かんばかりに反り返っていた。

「そりゃな〜」

去年の暮れに三人と関係を持ってから、毎日だれかしらとエッチをしてきた。半日とはいえ、こんなに長い時間女体に沈まなかったのは、久しぶりだ。

三人はいっしょに風呂場に入り、そして、湯船に浸かった。

史晶の右太腿に香織が座り、左太腿に葉月が座る。さらに史晶は両腕を拡げると、彼女たちの背中から回して、外側の乳房を掴む。

「史晶〜。莉緒奈さんが帰るまで我慢するんじゃなかったの？」

香織がジト目を向けてくる。

「セックスはしないと約束したけど、おっぱいを揉まないとは約束してない」

「しょうがないわねぇ〜」

台詞とは裏腹に、香織と葉月は嬉しそうにいきり立つ逸物をお尻で挟んでくる。史晶は遠慮なく両手の乳房を揉む。

「はぁ〜」

男に乳房を揉まれながら、湯に浸かった女たちは気持ちよさそうに目を細める。

大きな乳房と小さな乳房。同じ年とは思えぬほどに形が違うが、史晶にとってはどちらも宝物だ。

（おっぱいって大きくても、小さくても魅力的なんだよなぁ）

極上の揉み心地に酔い痴れていると、女たちは湯の中にある史晶の逸物に手を伸ばしてきた。

五指で亀頭部を摘まみしごきながら香織がため息をつく。

「史晶のおち×ちんってほんどすごいわよね。硬くて大きくて、これ、ぶち込まれるとあたし、頭、真っ白になってなにも考えられなくなっちゃう」

「あ、わかります。それからわたしは、この鰓が卑怯だと思います。これでオマ×コの中をかき出されると、オマ×コの中を全部もっていかれそうになって、もう……たまりません」

「わかるわかる。わたしもおち×ちんにズコズコされると、もう負けたって思うわ」

逸物を愛しげに撫でながら、女たちは猥談をしている。

(女って、処女を卒業すると恥じらいってやつがなくなるよな。それとも素が出ただけか?)

呆れながらも、そんな淫乱痴女たちがかわいいと思ってしまう史晶であった。

乳房を揉まれながら男根で遊んでいた香織と葉月は、なにやら示し合わせて向かい合う。

そして、合計四本の足を湯の上に出して絡ませ合うと、湯の中の股の間で男根を挟んできた。

「おいおい」

驚く史晶に、香織がにっこりとほほ笑む。

「セックスじゃないから、莉緒奈さんとの約束は破ってないわよ、ね」

「はい。これはセックスではありません」

葉月も同調する。

女たちの股間で男根を挟まれるダブル素股だ。

「わかったよ、好きにしろ」

湯の中を見下ろすと、史晶の逸物には、女たちの陰毛が絡みついている。その光景はまるでイソギンチャクのようでもあり、なかなかに卑猥だ。

もちろん、毛の下にある女性器が左右から男根を挟んでいる。

この状態で、女たちはモゾモゾと腰を動かし、器用に男根をしごいていた。

「はぁ、ああ、ああ……」

「うん、うん、うん……」

肉棒に肉溝をこすりつけて、女たちも気持ちよさそうだ。

左右のエラのところにコリコリと感じるのは、彼女たちのクリトリスだろう。湯の中だからわからないが、間違いなく二人とも大量の愛液を垂れ流しているに違いない。

女たちの顔が紅潮しているのは、湯の温かさのせいではなく、発情しきっている合図だ。

（うわ、やりてぇ）

香織のカズノコ天井の膣洞に入れたときの気持ちよさも、葉月のタコツボ膣洞に入れたときの気持ちよさも、身に染みて知っている。

毎日腰が抜けるほどにやっているのだ。

なんで今日に限って我慢しなくてはいけないのか、自分でもわけがわからなくなってきた。

「おい、おまえら」

史晶が二人を襲おうとしたとき、香織が鼻先に指を一本立てた。

「待って。このもどかしさも悪くない気がしてきた」

「ええ、ここまで我慢したんですもの。莉緒奈さんが帰るまで我慢しましょう」

「そ、そうか……」

鼻白んだ史晶は女たちの意見に従った。

残念そうな顔をする史晶の右の耳元に、香織は吐息を浴びせてくる。

「うふふ、史晶ってエッチよね。たった半日も我慢できないんだもん」

コケティッシュな表情の葉月は、史晶の左の耳元で囁いてくる。

「精力絶倫でないと、女三人と付き合おうなんて思いませんよね」

史晶としては、不本意な言われような気がする。

憮然としている男の左右の乳首を、女たちは人差し指で突っついてきた。

「あ、こら、やめろ」

悶える史晶の機嫌を取るように、香織はウザかわいい声で命じる。

「しかたないな。史晶、ちょっと立ってみて」

「ああ」

女たちがダブル素股を解いたので、史晶はその場で立ち上がった。

ザブン！

お湯から逸物が少し遅れて跳ね上がり、パシンと下腹部に当たった。

「うわ〜、静脈浮き上がってビクンビクンしている。ほんと卑猥なおち×ちん」

「ええ、改めて見ると女を堕とすための魔器って感じですね」

湯に肩まで浸かっている香織と葉月は、左右から肉幹に接吻してきた。

ペロリ……ペロリ……ペロリ……。

女たちの舌は、示し合わせたかのように肉棒を挟んで左右から縦に舐め上げる。

「お、おまえら、レオナお姉ちゃんが帰るまで我慢するんじゃなかったのかよ」

「我慢しているじゃない。わたしたちはおち×ちんを舐めるだけで我慢するから、史晶は出さないように我慢しなさいよ」

「ちょ、ちょっと待て。それはさすがに不公平というものでは」

史晶の主張は女たちに無視される。

二枚の舌は、まるでキャンディバーでも舐めるかのように入念に逸物に舌を這わされた。

実に息の合ったコンビネーションだ。特に亀頭部の鰓部分を左右から縦に舐め穿る技は男を否応なく追いつめる。

（くっ、こいつら、おち×ちんのことを完全に玩具だと思っていやがるな。最初のころは怖がっていたくせに……）

たった十日あまりでの女たちの成長ぶりに戦慄しながらも、史晶は射精欲求に耐える。

二枚の舌が亀頭部をペロペロと舐めていたが、ふいに香織が口を離す。

「おち×ちんは堀川さんに任せるわ。史晶、お尻をこっちに向けて」

「ああ……」

香織は史晶の腰を抱いて向きを変えさせると、尻肉を両手に持って左右に開いた。

そして、肛門に舌を伸ばしてくる。

「ひぃあ」

思いもかけなかった刺激に、史晶は思わず変な声をあげて震え上がってしまった。

その反応を香織が喜ぶ。

「へぇ～、男って肛門を舐められても喜ぶって聞いてはいたけど、本当だったんだ」

「お、おまえ、ちょっと、やめ」

香織の肛門舐めから逃げようと史晶が腰を前に出すと、いきり立つ逸物は葉月の両手できっちり握られ、先端は口内に咥えられていた。

逃げ道を塞がれた史晶の肛門を、香織は嬉々として舐めまわす。

ペロペロペロ……。

「お、おお、おお……」

湯船で仁王立ちした史晶は、世にも情けない声をあげてしまった。

肛門を舐められたのは初めてだ。射精欲求とはまったく違う、背筋を電流が駆け上がるような快感が襲ってくる。

同時に眼下では、男根を口いっぱいに頬張った葉月が美味しそうに啜り上げていた。

ジュルジュル……。

フェラチオされるのは、当然のように気持ちいい。そして、背後からくる禁断の肛門舐めの快感。

前後から快感挟撃を受けた史晶は、この世のものとは思えぬ逸楽に堕ちるのを感じた。

(こんな快感を覚えたら、ダメになる……)

そう思いながら、史晶は堕ちた。

背後から香織の舌に押し出されるようにして噴き出した男の血潮が、肉棒を駆け抜けて、葉月の口内にあふれる。

ドビュッ！　ドビュッ！　ドビュッ！

「……」

暴れる男根を咥えていた葉月は、上目遣いに史晶の顔を見つめ、慌てず騒がず男の欲望を受け止める。

射精が終わると、しぼんだ男根を吐き出す。

ザブン。

史晶は湯船に入りなおした。

その史晶の目の前で、葉月と香織は接吻する。

「う、うん、うむ……」

女たちは鼻を鳴らしながら、夢中になって舌を絡ませ合い、口内の粘液を移動させているようだ。

二人の口唇の狭間（はざま）からあふれた白い液体が、細い顎を彩る。

（まったくスケベな女たちだよな）

呆れながらも、愛しく思った史晶は、お返しとばかりに湯の中で手を伸ばして、彼女たちの陰阜（いんぷ）に指マンを施した。

＊

「ただいまぁ～」

史晶たちが風呂から上がったところに、ちょうど晴れ着姿の莉緒奈が帰宅した。

「おかえり」

史晶は腰にタオルを巻いただけ、香織と葉月は胸元にタオルを巻いただけの姿で出迎える。

それを見た莉緒奈は目を見張り、そして、表情を険しくした。

「あなたたち、わたしとの約束を破ってセックスしたの？」

慌てた史晶は、両手を前に突き出して盛大に首を横に振る。

「セ、セックスは、していません」

「……奥歯に物が挟まった言い方ね」

莉緒奈にジト目で睨まれて、史晶は観念した。

「風呂場でペッティングを少々しただけです。挿入はしていませんよ」

香織が助け船を出す。

「ほんとほんと、セックスは我慢していたんだから」

「神に誓ってやっていません」

葉月も大真面目に無実を主張した。

これで莉緒奈もなんとか納得してくれたようである。

「まぁ、ギリギリってところね。ドスケべなあなたたちにしてはよく我慢した、と褒めてあげるべきかな？」

呆れ顔になった莉緒奈であったが、それ以上の糾弾はせずに、リビングのソファに身を投げ出した。

「はぁ〜、疲れた」

機嫌を取るかのように、バスタオル一枚を胸元に巻いただけの香織がコップに水を入れて差し出す。

「成人式は楽しかったですか？」

「ありがとう。ええ、高校時代の友だちと久しぶりに会えて盛り上がっちゃった。はじめてお酒を飲んだせいか、ちょっとふらふらするわ」

コップを傾けた莉緒奈は、水を一気に飲み干した。

そこに香織が興味津々といった顔で質問する。

「それで今日する、すごいことって、なにするつもりなんですか？」

「もう、せっかちね」

「そりゃもう、莉緒奈さんがきたらすっごいエッチをするんだって、期待に胸を膨らませて待っていたんだから」

香織の能天気さに、莉緒奈も負けたといった顔で苦笑する。

「しかたないわね〜。では、発表します。これを買っちゃいました」

ソファから上体を起こした莉緒奈は、着物の袖の中から、黄緑、ピンク、ブルーといった色鮮やかなすり棒のようなものを三本取り出した。

「それは……」

困惑する史晶の横で、香織は驚きの声をあげる。

「もしかして、バイブ！」

「っ!?」

葉月も目を見開いて息を飲んだ。

「バイブって、あのバイブ」

史晶は好奇心を抑えきれずに、莉緒奈の手元をしげしげと見つめてしまった。

エロ本の類(たぐい)では、何度も見たことがあったが、実物を見るのははじめてだ。

「そう、入れられたら最後、どんな女も絶頂確実といわれる超強力電動バイブよ」

明るく綺麗なお姉さんが、晴れ着姿でバイブを三本も持ってにっこりとほほ笑む。

なかなか破壊力のある光景であった。

頭痛を感じた史晶は、呆れ顔で質問する。

「それを使って遊ぶんですか？」

「そういうこと」

三本のバイブを翳(かざ)したまま、莉緒奈は得意げに胸を張る。

「史晶くんのおち×ちんは一本しかないのに、穴は三つあるんだし、こういう玩具があったほうが便利かなっと思って。どぉ、嬉しい」

「いや、その、なんというか……」

たしかに女三人とハーレムセックスを楽しみながら、男根一本では足りないと感じたことは少なくない。

しかし、大事な女たちの膣穴に、自分の男根と指と舌以外のものが入るのは、なんとなく嫌だと感じる。

そんな複雑な男心を理解してないのか、莉緒奈は陽気に声を張り上げた。

「まぁ、物は試しだ。やってみましょう。せっかく買ったんだから。高かったのよ」

「そ、そうですね」

莉緒奈からバイブを押しつけられた史晶は、とりあえずスイッチを押してみた。

ブゥゥウゥウゥウーン……。

なかなか凶悪な音が室内に響き渡る。

「うわ……」

香織と葉月は引き顔になっている。

史晶とのセックスを我慢できないど淫乱な女たちだが、大人の玩具には抵抗があるのだろう。

「もう、あなたたち意外とノリが悪いわね。じゃ、言い出しっぺのわたしからやってみましょう。史晶くん、お願い」

ソファに腰を下ろした状態で両の踵(かかと)を座席にかけて莉緒奈は、M字開脚となった。赤い着物の裾は捲れて、白大理石のように艶やかで細くて長い美脚があらわとなり、その最深部では逆三角形に整えられた美しい陰毛まで覗く。

その光景は大変に魅惑的であったが、史晶は慌てる。

「ちょ、ちょっと待ってください。それ、着たままするんですか？」

「そうよ。着物プレイってはじめてで燃えるでしょ」

「いや、でも、それって百万円するとか、言っていませんでした？」

そんな高額商品、触るだけでも恐れ多いと感じてしまうのに、エッチをしたらさまざまな液体で汚れてしまうだろう。それを考えると、生きた心地がしない。

「大丈夫よ。今日しか着る機会はないんだし。とことんまで有効活用しないと」

莉緒奈の悪びれない主張に、史晶は頭痛を感じる。

(それはそうかもしれないけど、レオナお姉ちゃんの親父さんに申し訳ないなぁ)

ためらう理性とは裏腹に、晴れ着の女性とセックスするというのは魅力的な提案に感じた。

成人式の日に町で、綺麗に着飾った晴れ着のお姉さんを見かけたことは何度もある。綺麗だなと思ったが、その姿のお姉さんとエッチできるとはついぞ考えたことがなかった。しかし、いざできるとなると、新鮮な高揚感を覚える。

「わ、わかりました」

意を決した史晶が、莉緒奈の股の間にしゃがみ込むと、背後で香織が叫んだ。

「あ、そうだ。着物プレイといったら緊縛でしょ」

「緊縛？」

戸惑う莉緒奈に、香織は興奮気味に提案する。

「本格的なやり方はわからないけど、ちょっと手を縛るだけでも雰囲気出ると思いますよ。堀川さん、なにか縄か紐ない」

「う〜む、ビニールテープでよければ、この間のクリスマスのときに使ったやつが残っていると思うけど……」

「それでいこう！」

女子高生コンビは、慌ただしくビニールテープを持ってくると、ソファに仰向けに寝かされた莉緒奈の両手首を縛る。

「これでよし、痛くないですか？」

「ええ、大丈夫よ。でも、なんか雰囲気出てきたわね」

着物姿のお姉さんは、縛られた自らの手首を見て少し戸惑った表情を浮かべた。

しかし、目元が潤んで、頬が火照っているのは、本日、慣れない酒を飲んだせいばかりではないだろう。

おそらくマゾ的な歓びを感じているのだ。

(レオナお姉ちゃんって、マゾっぽいところあるからな)

準備が整ったと見て取った史晶は、改めて莉緒奈の股間を覗き込んだ。

こういうときは、思いっきり辱めてやるのが、男の仕事というものだろう。

両手の親指で、真っ白い肌の中にあって、少し色のくすんだ大陰唇を思いっきり拡げて観察してやる。

「莉緒奈お姉ちゃんのオマ×コ、触れてもいないのに、もうすっごく濡れているよ」

縛られた両腕を頭上に持ち上げた莉緒奈は、恥ずかしそうに身をくねらせながら応じる。

「あぁん、そりゃ、成人式っていう一生の思い出の大事な日に、ノーパンで過ごしたのよ。それに帰ったら、これで史晶くんや、香織ちゃん、葉月ちゃんに弄ばれるんだって考えたらもう、たまらなかったわ」

「はは……」

史晶は乾いた笑いで聞き流したが、香織と葉月はさらに責め立てる。

「莉緒奈さんのオマ×コって、いっつも濡れぬれでいやらしいですよね」

「美人でスタイルがよくて頭もいいのに、なんでこんなスケベなんですか？」

香織と葉月は、言葉責めで莉緒奈を楽しませているのだろうが、それにしても棘（とげ）があると思う。

二人にとって、莉緒奈というのは理想の大人の女なのかもしれない。それだけに意地悪にもなるのだ。

彼女たちはそれぞれ手に持ったバイブの先端を、史晶の拡げている女性器に近づけた。そして、媚粘膜に触れさせる。

「あ、あああ……」

強すぎる刺激を受けて、莉緒奈は開いた腰を上げてのたうつ。

それを見て嗜虐心に火が点（つ）いたのか、瞳に昏い炎を燃やした葉月と香織は、強烈な振動をしている物体で、女の谷底を下から上、上から下へと撫でる。

バイブの振動によって、愛液が飛沫となってあたりに飛散した。

「うわ、莉緒奈さんのクリトリス、皮から飛び出していますよ」

「このクリトリスはエロすぎます。ここが、ここがいいんですか？」

史晶が開いている陰唇を、香織と葉月はそれぞれのバイブで責め立てる。

「おお……」

振動するバイブで剝き出しの陰核を挟まれるのは、刺激が強すぎたのだろう。顔を真っ赤にした莉緒奈は、開いた口をひょっとこのように伸ばしてしまっている。

（あ〜あ、せっかくの絶世の美人顔も、こうなったら台無しだな）

とはいえ、ギャップがあるから面白いとも言える。こういう快感に崩れた表情を見せてもらえるのも、肉体関係を持てた男の特権と言うものだろう。

史晶は、ノリノリの女子高生痴女たちに命じる。

「香織、葉月、ここは俺がやるから、二人はそのバイブを使ってレオナお姉ちゃんのおっぱいを責めてみて」

「了解」

「あはは、三点責めしちゃうってことね」

意図を察した葉月と香織は立ち上がり、それぞれ凶悪のバイブを持って莉緒奈の左右に回り込む。

二人とも胸元に巻かれたバスタオルが解けて、一糸まとわぬ裸体となっていた。

史晶のほうも腰のタオルが落ちてしまい、いきり立つ男根が露呈している。

「ちょ、ちょっと、待って。それ三本とも使って、わたしを責める気？　三本も買ったのは、史晶くんのおち×ちんを入れてもらえないときに、それぞれが使うためよ」

凶悪なバイブを構えた素っ裸な男女三人に囲まれたなか、独りだけが着崩れた晴れ着姿を纏(まと)っている莉緒奈は怯える。しかし、それがまた妖しい色香となっていた。

ブルーのバイブを構えて香織が意地悪く笑う。

「いいえ、せっかくのプレゼントですし、有効活用させてもらいますわ」

「ええ、やっぱりお金を出した人が楽しまないと」

黄緑色のバイブを構えた葉月も楽しそうだ。

二人は協力して、着物の胸元を左右に開いた。

ピンク色のお洒落なブラジャーに包まれた胸元があらわれる。そして、その下から、二つの大きくて形のいい乳房が露出した。

「うふふ、なんだかんだいっても、もう乳首がビンビンに勃起しているじゃないですか？」

女の敵は女という言葉どおり、圧倒的なスタイルを誇る人生の先輩に向かって、顔の上半分に影を下とした葉月が、バイブを近づける。

「いきますよ。それ」

「いっせいの、せ」

香織と葉月は、手にしたバイブを莉緒奈の左右の乳首に添えた。同時に史晶はずる剝けの陰核にバイブを押しつけた。

「ひぃぃぃぃぃああああ」

両手を頭上に縛られている着物美女は逃げることもできず、イヤイヤと首を横に振って悲鳴をあげた。

「こここここれ、ダメ、強力なの、すっごく強力なの、このままじゃおかしくなる。おかしくなっちゃう、わたし、もうひぃぃぃぃぃぃぃ」

香織と葉月の持つバイブは、乳輪をなぞりまわし、史晶の持つバイブ陰核の周りを撫でまわした。

「らめぇぇぇぇぇぇぇぇ」

陰核と左右の乳首という、女にとってもっとも敏感な器官に向かって、同時に強力な振動を受けた莉緒奈は、大口を開けて涎を噴きながら裏返った悲鳴をあげて、美しい肢体をビクンビクンと痙攣させた。

「あはは、莉緒奈さんったらすごい、イキまくっている♪」

「とっても色っぽいですよ」

女にとって理想的なスタイルを誇る美人を弄ぶのが楽しいのだろう。香織も葉月も、興奮した表情で、乳首を勃起させ、内腿はぬらぬらと濡れ輝いている。

（まったく、ドスケベな女たちだ。しかし、このバイブってやつ、明らかに俺のおち×ちんより大きいよな。こんなの入れたら、女はどうなるんだろう？）

好きな女性の膣穴に、自分の男根よりも明らかに大きな疑似男根を入れることには心理的な抵抗を感じるのだが、それ以上にこのぶっとくて卑猥な振動をする疑似男根を挿入されたときの莉緒奈の反応が気になった。

なによりも史晶の見下ろす先では、膣穴がパクパクと物欲しそうに開閉し、そのたびに大量の液体を垂れ流しているのだ。

好奇心に負けた史晶は、振動するバイブの先端を泥沼のようになっている膣穴に添え、ねじ込んだ。

ズブ……リ。

膣穴が大きく拡がって、裂けるのではないかと不安になったが、たっぷり濡れていたおかげかあっという間に呑み込まれる。

切っ先は子宮口にまで届いてしまった。

「うほほほほほほぉぉぉぉ！！！」

女の最深部に人工的で強力な振動を受けた莉緒奈は、白粉をしている顔を真っ赤にして、蟹股開きになった腰を激しく上下させた。

ビックン！　ビックン！　ビックン！　ブシャーッ！

バイブがねじ込まれた穴の少し前にある小さな穴から、熱い飛沫が噴き上がり史晶の顔にかかる。

絢爛豪華な晴れ着お姉さんが完全に絶頂したことを見て取った史晶は、バイブの電源を切ってやる。香織と葉月も、乳首からバイブを離す。

「はぁ……はぁ……はぁ……」

荒い呼吸をして胸を大きく上下させている莉緒奈を、顔にかかった雫を手で払いながら、史晶はからかってやる。

「レオナお姉ちゃん、潮を噴いちゃったね」

「だ、だって、三人がかりでだなんて……ヒック」

年下三人に玩具にされたのがショックだったのか、莉緒奈は啜り泣いている。

少しやりすぎだったかも、と反省した史晶は、共犯者たちに声をかけた。

「香織、葉月、そろそろいいだろ。そのバイブを俺によこして、尻を突き出しな」

「ちょ、ちょっと、わたしたちにもやるの？」

バイブを握りしめた香織は、戦慄した表情になる。

「当然、おまえらの身体は、俺が隅々まで調教するんだよ」

史晶の言い分に、女たちは呆れた表情になる。

「もうスケベなんだから」

「田代くんって少し変態だと思う」

香織も葉月も、口では文句を言いながらも、紅潮した表情でバイブを史晶に手渡すと、嬉々として莉緒奈の左右に四つん這いになり、尻を突き出してきた。

小尻の香織と、安産型の葉月。肛門も陰唇も丸さらしの姿勢だが、二人ともいまさら史晶に見られて困る場所は残っていない。

いつも徹底的に舐められ、触れられ、穿(ほじ)られている器官だ。

遠目にもわかっていたことだが、二人ともすでに失禁したように濡れている。

「俺がスケベで変態なら、おまえらだってスケベで変態だろ」

うそぶいた史晶は、両手に持った振動するバイブで、同級生の陰部を撫でまわした。

ぶうぅぅぅぅぅうん……。

「あ、あああ……」

「ううううん」

二人とも白かった尻を真っ赤にして呻く。

クンニや指マンされているときよりも、反応が激しい。バイブの振動で、愛液がスプリンクラーのように飛散している。

「そろそろ入れるぞ」

史晶の宣言に、香織が首をひねって懇願してきた。

「あ、あの……史晶、あたし、やっぱり、史晶以外のおち×ちんを入れられるのはイヤというか」

「わたしも田代くんのおち×ちんだけで十分。入れるならおち×ちん入れてほしい」

香織、葉月の言い分に、史晶は首を横に振る。

「レオナお姉ちゃんだけ弄んで、自分たちはなしというのは不公平というものだろう」

決然と宣言した史晶は、両手に持った疑似男根を左右の女たちの肉穴に押し込んだ。

スブ……。

「ああぁッ」

四つん這いの香織と葉月は、同時に尻を上げ、背筋を反らして悲鳴をあげる。

疑似男根はここでも、存外あっさりと根元まで入った。

史晶の眼下には、仰向けの蟹股開きでピンクのバイブを突っ込まれたままの莉緒奈を挟んだかたちで、うつ伏せの香織と葉月が、いずれの膣穴にも極太男根をぶち込まれて痙攣している。

その光景を、史晶はしげしげと眺めてしまった。

「オマ×コってすごい拡がるものなんだな。あ、待てよ。そういえば、オマ×コって赤ちゃんが出てくる穴でもあるんだよな。ち×ぽぶち込む穴だとばかり思っていたけど……。ふむ、そう考えると拡がって当然なのか」

女体の秘密を新たな発見したような気分になった史晶が、独り悦に入っていると、男根をぶち込まれて痙攣している女たちが口々に訴えてきた。

「あぁ、もう、ダメ、イキすぎて、頭、おかしくなる。お願い、もう抜いて、抜いてちょうだい」

「わ、わたしも、こ、こんなの、らめぇぇぇ」

さすがは女を弄ぶために人間が、叡智を傾注した道具といったところだろうか、バイブをぶち込まれた女たちは、イキっぱなしになっているようだ。

はじめは興味深く見ていた史晶だが、次第にムカムカしてきた。

「ああ、もう我慢ならん！」

眼下の莉緒奈の股間に突き刺さっていたバイブを引っこ抜く。

「あん」

プシャッ！

栓の抜かれた穴からは大量の愛液があふれ出した。

バイブを投げ捨てた史晶は新たな栓をぶち込む。つまり、自らのいきり立つ男根だ。

「ああん、ああん、あん、史晶くん、いきなり、ああん、激しい、激しすぎるわ」

悲鳴をあげる莉緒奈に、荒々しく腰を叩き込みつつ史晶は質問する。

「どうです。莉緒奈お姉ちゃん、バイブと俺のおち×ちん、どっちが気持ちいい？」

「あん、あん、そ、それは史晶くんのおち×ちんのほうが気持ちいいに決まっているじゃない、史晶くんのおち×ちん気持ちいいのぉぉ」

「なぜです？　バイブのほうが大きいでしょ」

パンッ！　パンッ！　パンッ！

史晶の恥骨と、莉緒奈の恥骨が砕けんばかりに荒々しくぶつける。

当然、亀頭部は子宮口を連続して突いた。

莉緒奈は涙ながらに訴える。

「ち、違うの！　大きさじゃないの！　なんというか、肉感が違うの！　ああ、おち

×ぽちゅき、史晶くんのおち×ちんが大ちゅきなの」

莉緒奈がバイブよりも、自分の逸物のほうが好きだといってくれて、史晶は安堵すると同時に自信を深めた。

「それじゃ、莉緒奈お姉ちゃんの大好きなおち×ぽを心ゆくまで味わってもらいましょう」

宣言とともに史晶は、あらんかぎりの力を振り絞って腰を使った。

「あっ、あっ、あっ、気持ちいい、気持ちいい、気持ちいい」

すっかりメス堕ちしている莉緒奈の様子に、香織が不満の声をあげる。

「あ、莉緒奈さんだけずるい。あたしだって史晶のおち×ちんが欲しい」

「そうです。こんなまがいものではなくて、田代くんのおち×ちんのほうが気持ちいいに決まっています」

「わかっている。香織にも、葉月にも入れてやる」

うそぶきながら史晶は、右手で香織の股間から出ている疑似男根、左手で葉月の股間からでている疑似男根を摑む。

「あっ、あっ、あっ、あっ」

室内に三人の牝の喘ぎ声が響き渡った。

史晶の眼下には、着崩れた晴れ着の美女がいる。

（まるで天女さまとエッチしているみたいだな）

史晶が一突きするごとに二つの紡錘形の乳房は揺れる。

（まぁ、本物の天女さまより、レオナ姉ちゃんのほうが淫乱で、セックスも楽しいだろうけど。そういう意味では、香織も葉月も同類か、こんなエッチでかわいい女たちは他にいない）

史晶の男根は一本のはずなのに、まるで三人の中に同時に男根をぶち込んでいるかのような多幸感を覚えた。

（もう、ダメだ。イク！）

史晶は莉緒奈の体内で、溜まりに溜まった欲望を爆発させた。

ドビュッ！　ドビュッ！　ドビュッ！

「ああ、中でビュービュー出されている。これよ、これ！　これが最高なのーーー！！！」

晴れ着のお姉さんは膣内射精をされた喜びに、雄叫びをあげた。

それに釣られて、左右の少女たちも同時に絶頂する。

「いくうううーーー」

「いっちゃいますぅぅぅ」

ビクンビクンビクン……

男と女の同時に絶頂する瞬間が、もっとも気持ちいいと世間一般には言われているが、三人の女を同時に絶頂させたのだ。史晶の感じた快感は、三乗されているかのようだった。

「もう、らめぇぇぇ」

絢爛豪華な晴れ着の美女は、膣内射精される歓びに満足げな笑みを浮かべると失神したかのように脱力してしまった。

バイブで強制的にイカされた香織と葉月も気持ちよさそうではあったが、葉月は涙ながらに訴える。

「あん、気持ちいい、気持ちよかったですけど、こんなまがい物でイカされるの、なんか悔しいです」

「ご、ごめん」

男の身勝手な満足感に付き合わせてしまったと感じた史晶は、いたたまれないほどの罪悪感に囚われ、ただちに葉月の膣穴から疑似男根を引っこ抜くと、自らの男根をぶち込む。

「あん、そんな連続してやることはないのに……。身体に悪いよ」

葉月は嬉しそうにはにかむ。

「俺の女には俺のおち×ちんで気持ちよくなってもらいたいんだよ」

雄々しく宣言した史晶は、葉月の体内で抽送運動を開始した。

「もう、あたしだって史晶の女だよ」

自らの股間の疑似男根を引っこ抜いた香織は身を起こし、史晶の右肩に抱きついてきた。

「わかっている。次な、次。葉月をイカせたあと、香織もちゃんと腰が抜けるまでやってやる」

「もう、仕方ないな。ちゃんと残りものに福をよこしなさいよ」

香織は、史晶に接吻してきた。それを受けつつ、史晶は腰を動かす。

(くっ、葉月のオマ×コは全体に小ぶりなんだけど、奥に奥にと吸い込むようなタコツボのような動きがたまらないんだよな)

結局、その日も、史晶の逸物が完全に枯れるまでハーレムセックスを一晩中楽しんでしまった。

第六章　夢のハーレム同棲生活

「おはよう」

早朝、寝巻を着たままの田代史晶は欠伸(あくび)を嚙みしめながら、自室を出て、階段を下り、リビングに入った。

「おはよう」

スレンダーなくせに乳房が大きいという人間離れしたパーフェクトボディを誇る隣の女子大生・木村莉緒奈は、ソファに寝転がってテレビを観ていた。

「おはようございます」

純和風の女子高生・堀川葉月は、ピンクの頭巾(ずきん)を頭にかぶり、ピンクのエプロンをつけて朝食を作ってくれていた。

「おっはー」

今どきの女子高生の典型のような櫻田香織は、ツインテールを揺らしつつスマホを弄りながら挨拶を返した。

昨年の暮れ、両親不在になってからの田代家では、あたりまえの朝の風景だ。冬休み中ということもあって、彼女たちはこの家に入り浸っている。

三人の共同生活者と挨拶を交わした史晶は、いつものように朝食のテーブルにつこうとしたところで違和感を覚えた。

（あれ？　なんか変だな……）

顔を上げて改めて三人の美女美少女を確認する。

いつもとなにかが違っているというのはわかるのだが、なにが変化したのかわからない。原因を考えているうちに、葉月が料理をテーブルに並べてくれた。

「さあ、できました。いただきましょう」

焼き鮭、豆腐とナメコと大根の味噌汁、白いご飯、梅干し、ホウレンソウのおひたしに鰹節としらす干しをかけたもの、それと納豆のパック。これぞ日本の朝ごはんと教科書に載るのではないかと思えるほどの定番料理だ。

葉月は、自らの頭巾とエプロンを取ってダイニングテーブルに着く。

「は～い、葉月ちゃん、いつもありがとう」

外見はいいが、料理の腕前は水準以下の女たちは、喜び勇んでテーブルに着く。

「いただきます」

史晶の前に葉月、右に莉緒奈、右前方に香織といったかたちで、テーブルを囲み朝食を摂る。

味噌汁を一口飲んだ莉緒奈が、天井を仰いで感動の声をあげた。

「美味しい。いや〜、わたし、葉月ちゃんを嫁に欲しいわ、マジで」

「ダメですよ。堀川さんはわたしの嫁ですから、莉緒奈さんといえど、あげません」

香織が葉月の両肩を背後から抱いて所有権を主張する。

「そんな騒ぐほどに凝った料理ではないでしょ」

二人の言い争いに、葉月は複雑な表情になっている。

「いや、こういう普通の料理を普通に作ってみせるというのが、レベル高いんだよ」

焼き鮭をいただきながら史晶も、相伴に与る女たちの意見に賛同した。

葉月は俺の嫁だ、という台詞が喉まで出かかったものの、それを自分が言うと微妙な空気になりそうだと思い、自重したのだ。

そんな気遣いを察したのか、意味ありげな表情となった莉緒奈が笑う。

「料理が上手くて、素直で優しい。わたしが男だったら、こんな恋人をゲットしたら最後、絶対に浮気なんてしないわね」

「うんうん、他の女になんて目もくれず、やりまくるわね。オマ×コガバガバになるまで」

年ごろの娘とは思えぬ香織の意見に、葉月は軽く赤面する。

朝食でする話題ではないな、と頭を抱えたくなった史晶は話題を変えることにした。

「明日には、うちの両親も帰ってくるぞ。だから、この爛れた同棲生活も今日までだからな」

あらかじめわかっていたことである。だれも驚かない。とはいえ、香織はカレンダーを眺めながらため息をつく。

「冬休みも明日で終わりなんだ……」

「そっか、高校は明後日からなんだね」

大学はまだ休みがあるのか、莉緒奈は他人事のように相槌を打つ。

葉月は神妙な表情で頷く。

「名残惜しいですけど、夢はいつか醒めるものですよね」

しんみりしそうな雰囲気を吹き飛ばすように莉緒奈は、明るく笑う。

「まぁ、最後の一日ということで、今日はたっぷりと楽しみましょう」

「もちろん、そのつもりです」

「そうですね」

女たちは意気投合しているようだが、毎日毎日、自慢の逸物がすり減るのではないかと思えるほどに酷使している史晶としては、文句の一つも言いたくなる結論だ。

「おまえらな、ふだん、たっぷり楽しんでないみたいにいうな」

ぼやきながら史晶は、なにげなく箸で梅干しを摘まんだ。

そのとき、赤い実がほかにもあることに気づく。寝ぼけまなこゆえに目の焦点がズレているのかと思い、凝視する。そして、幻ではないと悟った。

「はぁっ!?」

頓狂の声をあげた史晶は椅子を蹴って立ち上がり、あたりを見渡す。

「どうしたの？」

平然と箸をすすめながら、莉緒奈が小首を傾げる。

動転した史晶は、口角からご飯粒を飛ばしながら叫ぶ。

「おまえら、なんで服を着てないんだ!?」

彼女たちがあまりにも普通にしていたので、ついつい見過ごしてしまった。

莉緒奈、香織、葉月、いずれも素っ裸でテーブルに着き、当たり前に朝食を摂っていたのだ。

納豆ご飯をかき込みながら、香織がジト目で返してくる。

「いまさらなに言っているのよ」

「いや、だから、なんでおまえら、素っ裸なんだ？」

向かいの葉月がいまさらながら恥ずかしそうに、両の二の腕で大福おっぱいを挟みながらモジモジと身を小さくする。

「だって田代くんが、すぐに脱がすし」

食後のお茶を淹れながら、香織は投げやりに応じる。

「服を着るのが馬鹿らしくなったのよ」

わざとらしいしなを作った莉緒奈は悪戯っぽく笑う。

「このほうがやるのに手間がかからなくて、史晶くんも楽で嬉しいでしょ」

「いや、まぁ、そ、そうだけど……」

たしかにこの二週間あまりの冬休みの期間中、やりまくっていた身としては、反論するのが難しい。

「しかし、おまえら、寛ぎすぎだろ」

史晶は右手で顔を押さえる。

とはいえ、もはや史晶相手に裸を見られても恥ずかしくないと考えている女たちは、平然と食事を続けた。

「御馳走様でした」

食事を終えると、裸にエプロンをつけた葉月は当たり前の顔で、食器の後片付けを始めた。

「それじゃ、わたしは洗濯するわ。ほら、史晶くんもさっさと洗濯物を出しなさい」

そういって莉緒奈は、史晶の着ていた寝間着を強引に奪った。

料理を葉月に押しつけてばかりいるのもばつが悪いので、家事の役割分担が自然とできている。

莉緒奈は洗濯担当なのだ。といっても全自動の洗濯機に放り込むだけだが。

「それじゃ、あたしはチャチャっと掃除機かけるわね」

香織は毎朝、掃除機をかけてくれている。素っ裸のツインテール少女が掃除機を使っている光景はなかなかにシュールだ。

史晶も、毎日の風呂掃除とゴミ出しぐらいはしていた。

とはいえ、今日はゴミの日ではなかったので、素っ裸のまま独りテーブルに座って温かいお茶を飲みながらぼぉ～と寛ぐ。まだ眠気が完全に抜けていないようだ。

その周囲を、素っ裸の美女美少女がうろうろして家事をしている。

冬とはいえ、田代家はすべての部屋に床暖房が行き渡っているため、常春のように過ごすことができた。そのため、裸で生活していても支障はないのだろうが、不思議な空間だ。

(ここは天国か？　いや、淫らな夢か？)

テーブルに独り残った史晶の目は、自然と向かいにある台所で洗い物をしている小柄な少女の背中に吸い寄せられた。

裸エプロンということは、後ろが開いている。すなわち、お尻が丸出しである。

(葉月はおっぱいが大きいってイメージばっかりあったけど、こうして見ると尻もいいな。大きすぎず、小さすぎず、吊り上がっているわけではなくて、こう逆ハート型をしていて、まさに女の尻って感じだ)

おとなしい少女の新たな魅力を発見し、その後ろ姿に見惚れつつ史晶は声をかける。

「葉月、いつも悪いな」

「いえ、こういうことは得意な人がやるのが一番です」

洗い物の手を止めることなく、葉月は応じる。

「いや、ほんと葉月には感謝している。葉月がいてくれなかったら、冬休み中、文明的な生活ができなかったからな」

莉緒奈、香織は料理のできるタイプではない。

葉月がいなかったら、この冬休み中の半同棲生活は成り立たなかっただろう。

「食事ぐらいで大袈裟ですね。料理を作る人がいなければ、お弁当を買ってくればいいだけの話ですよ」

「いや、葉月の作る料理より美味しいものは売ってないって」

葉月の後ろ姿に魅せられた史晶は、気づいたときには葉月の背後に立っていた。

そして、両手を、葉月の腋の下から前に回すと、エプロンの下に入れて、大きな大福を鷲摑みにする。

「ちょ、ちょっと、いまは洗い物をしている最中なんですから、もう少し待ってください」

葉月は抗議の声をあげたが、史晶は手にした乳房から手を離さない。豪快に揉みしだきつつ、尻の谷間にいきり立つ逸物を挟んでしまう。

「いや、いま葉月とやりたい」

「もう……ダメです。まず洗い物を済まさないと」

そんな史晶と葉月のやり取りに、洗濯機のスタートボタンを押して戻ってきた莉緒奈が、軽く目を見張る。

「裸エプロンってやっぱり、男にとってロマンなのね」

部屋に掃除機をかけていた香織も呆れた表情で、ジト目で応じる。

「まるで新妻とやっているみたいでエロ」

冬休みの期間中、暇さえあればくんずほぐれずやっているのだ。いまさら史晶と葉月が絡んでいるさまを見ても、莉緒奈、香織は驚かない。しかし、香織の台詞を聞いた葉月が盛大に照れる。

「に、新妻……だなんて……」

どうやら新妻という台詞が、葉月の琴線に触れたようである。それと見て取った香織がからかう。

「あ、史晶、葉月は新婚プレイやりたいみたいよ」

意見に従った史晶は、葉月の耳元でわざと荒い吐息を浴びせる。

「はぁ、はぁ、はぁ、奥さん、奥さんがこんなエロい恰好で誘うのがいけないんだ」

「や、やめて、ください。そんな言い方、変態みたいです」

三人の女の中で、一番、根が真面目な葉月は嫌そうに身悶える。

「変態は奥さんのほうでしょ。ほら、嫌だ嫌だ言っていても、もう濡れている」

エプロンの下から乳房を揉んでいた右手を下ろすと、葉月の陰部を押さえた。

肉裂を人差し指と中指と薬指で抑え、前後に擦ってやる。

クチュクチュクチュ……。

たちまち女の恥ずかしい水音が、台所に響き渡った。

水道の蛇口を開いたまま洗い物を諦めた葉月は、ステンレスの縁(へり)に両手をついて甘い悲鳴をあげる。

「ああん、だめぇ〜〜〜」

吐き出す言葉とは裏腹に、葉月の下半身はいい濡れっぷりだ。そこで股間から離した右手を、葉月の鼻先に翳(かざ)してやった。指の間には濃厚な粘液が糸をひいている。

「さぁ、奥さん、いうことはなんですか?」

「……旦那様のおち×ぽさまを入れてください」

根は真面目なのに、この一週間のハーレム生活ですっかり朱に交わってしまった葉月は、顔を背けて恥ずかしい台詞を口にする。

「おち×ちんを入れてほしいだなんて、なんてエッチな奥さんだ。でも、奥さんがおち×ちんを欲しい理由はなにかな?」

「え?」

現在、新妻プレイ中だと思い至った葉月は、少し考える表情をしてから黒目がちの瞳を左右に動かしながら恐るおそる口を開く。

「愛しい旦那様のおち×ちんが欲しいのは、赤ちゃんが欲しいからです。旦那様のおち×ちんで種付けしてください」

「そっか葉月は妊娠したいんだ。ならしかたないな」

嬉々として史晶は、葉月の尻の下からいきり立つ男根を押し込んだ。

「あん」

「では、奥さん、妊娠してもらいましょう」

「妊娠!? 田代くんの赤ちゃん……」

いままであまり妊娠という事態を想定していなかったのか、葉月はぽや〜んとした幸せそうな顔になった。

それを見て嬉しくなった史晶は、洗面台に両手をついた葉月の右足を抱え上げ、左足一本で立たせると、その状態で男根を抜き差しさせた。

グチュグチュグチュ……。

「あん、あん、奥に当たっている。当たっているの」

「そうだね。子宮口におち×ちんが当たっている。このまま射精したら妊娠するね。

奥さんは男の子と女の子、どっちがいい」

史晶の質問で葉月は考える表情になる。自分が妊娠するという状況を考えることで、より感覚が研ぎ澄まされたのだろう。葉月の反応がいつもよりいい。

発熱でもしているかのように顔を真っ赤にした葉月は、喘ぎながらもやっとの思いで答える。

「はぁ、はぁ、そ、それは……田代く、いや、旦那さまの子供ならどっちでも」

「そっか、奥さんはそんなに妊娠したいんだ。それじゃ、妊娠させてあげよう」

「うん、うん、旦那様の子供が欲しいですぅ」

肉体は精神に連動するというが、新妻プレイにすっかり酔ってしまっていることにより、タコツボオマ×コの吸引力はいや増していた。

そのあまりの気持ちよさに負けた史晶は、亀頭部を子宮口に押し当てた、いや、ねじ込みながらゼロ距離射撃をする。

ドビュッ！　ドビュッ！　ドビュッ！

「ああ、赤ちゃんできちゃうぅ！」

ビクン！　ビクン！　ビクン！

疑似とはいえ、本当に種付けされた気分を味わったようで、葉月はいつも以上に深い絶頂を味わったようだ。

恍惚とした表情で、口角から涎を垂らす。

（うわ、このまま放置したら、本当に妊娠しちゃうな）

いまだ学生である史晶は、本気で葉月を妊娠させるわけにはいかないのだが、本気で種付けしてしまったかのような罪悪感を覚える。

力を失った男根を抜くと、洗い場の縁に両手をついたまま葉月はへたれ込んでしまった。

それを見学していた莉緒奈は、口元を指で押さえて、目をキラキラと輝かせる。

「うわ、新妻プレイ……エグ」

一方で香織は、タオルを持ってくると、葉月の股間からあふれ、床に滴った白濁液を拭く。

「残しておくと染みになるわよ」

＊

朝食を終えると、各自、勉強の時間となった。

もちろん、四人とも裸のままである。

（いや、この状況で勉強に集中しろというのも酷だろ）

先ほど、葉月の体内で一発出した逸物が、早くも元気いっぱいに隆起してしまった。

それに気づいた女たちは、軽く呆れた表情を浮かべるも、勉強を優先させる。

高校生組の手が止まれば、大学生である莉緒奈が優しく教えてくれた。そのさい、さりげなく生乳が、史晶の頬にあたったのは、絶対に意図的だったに違いない。

「あいつらよくこの状況で真面目に勉強できるよ」

リビングを抜け出した史晶は、ぼやきながら廊下を歩き、トイレの扉を開いた。

「……っ!?」

洋式のトイレに、裸の莉緒奈が驚いた表情で座っていた。

「あ、ごめん」

反射的に扉を閉めようとした史晶であったが、途中で止めた。

「……」

顔を真っ赤にした莉緒奈の顔と、真顔の史晶が正対する。

マネキン人形のようなスタイル抜群のお姉さんが裸で洋式便座に座っているのは問題ない。いや、普通なら問題なのかもしれないが、現在、この家にある男女は全員裸なのだ。トイレに入るときだけ服を着るなどという面倒なことをするはずがなかった。

また、いまさら、美人は大小便をしないなどという夢は持っていない。ただ、莉緒奈の姿勢が変だったのだ。

女性のトイレでの姿勢など、以前に葉月のものを少し見た程度だが、それとは明らかに違う。

なぜなら、莉緒奈は細く長い脚を左右に百八十度開くような姿勢であった。そのうえで、左手で左のロケットおっぱいを揉みつつ、右手を綺麗に整えられた陰毛の生えそろう股間を押さえている。

ややあって史晶が、ジト目で口を開く。

「レオナお姉ちゃん、もしかしてオナニーしていた？」

顔を真っ赤にした莉緒奈は、涙目になって応じる。

「だって史晶くんのギンギンのおち×ちんが目の前にあるのに、勉強中は入れてもらいないんだもん」

この二週間あまり、猿のようにエッチしてきた仲である。いまさら裸を見られても恥ずかしいなどという感覚はない。だから、平気で全裸生活をしていたわけだが、自瀆(じとく)を見られるというのは、また違った恥ずかしさなのだろう。

嗜虐心を刺激された史晶は、舌なめずりをするとトイレに踏み入って、背後の扉を閉めた。

そして、便座に座る莉緒奈の前に仁王立ちする。

当然、美しすぎるお姉さんの鼻先には、男根がそそり立つ。

「それじゃ、続けて」

「え!?」

困惑顔の莉緒奈の額に、男根を押しつける。

「淫乱エロエロお姉さんのオナニーを見せて」

「くぅ〜、わかったわよ。意地悪……」

羞恥と屈辱に震えながら、莉緒奈はオナニーを再開した。

「あっ……ああ……はぁ……」

乳房と股間を弄りながら熱い吐息を吐く莉緒奈を、史晶は嗜虐的にからかう。

「へぇ〜、女の人のオナニーってそういうふうにするんだ。もう乳首ビンビンだね。右手はクリトリスを弄っている。それともヴァギナに指を入れているの?」

「ク、クリトリスに触っているの」

「そっか、レオナお姉ちゃん、クリトリス派だもんね。クリトリス気持ちいい?」

男根越しに上目遣いになった莉緒奈は、目を潤ませつつ熱い吐息とともに頷く。

「うん、でも、史晶くんに弄られているときのほうが気持ちいいの……」

そう言って莉緒奈は舌を伸ばすと、顔に押しつけられた男根の裏筋を舐めてきた。

「おいちぃい、史晶くんのおち×ちんから、葉月ちゃんのオマ×コの味がする」

「だれが舐めていいといったの。なんて浅ましい牝豚なんだ。こうしてやる」

ビシッ！　バシッ！

悪乗りした史晶は、男根を左右に振るって、莉緒奈の頬を往復で叩いてやった。

「ああ、お許しください。でも、わたし、史晶さまのおち×ぽ奴隷なんです。もう我慢できません」

ノリのいい莉緒奈は、自ら進んでマゾ女を演じだした。

（いや、演じるというか、レオナお姉ちゃん、絶対にマゾだよな）

ふだんは悪戯好きで、男をからかって遊ぶのが大好きなくせに、セックスとなるとたんにマゾとしての顔を覗かせる。

女には多かれ少なかれ、マゾっけがあるのかもしれないが、ふだんとのギャップから史晶は燃えてしまう。

「しかたないな。ほら、ご褒美だよ。オナニーしながらしゃぶりなさい」

「ちょうだいいたします。ご主人様」

莉緒奈は嬉々として、男根を頭からしゃぶりついた。

ジュルジュルジュル……

口いっぱいに男根を啜りながら、莉緒奈の手はオナニーを続けている。

(うわ、レオナな姉ちゃん、フェラチオ上手いな。俺の感じるポイントは全部把握しているって感じだ)

好きこそものの上手なれとはよくいったもので、淫乱お姉さんがフェラチオ上手になるのは当たり前なのかもしれない。

(レオナお姉ちゃん、ほんと美味しそうにおち×ちんをしゃぶるなぁ。あ、やば、そういえば俺、おしっこするためにトイレに来たんだった)

莉緒奈に男根を咥えられながら、抑えがたい尿意が高まってくるのを感じる。

(このままレオナお姉ちゃんの口の中でおしっこしたら、飲んでくれるかな? いやいや、いくらなんでも失礼すぎる。いやでも)

高まる尿意と、人間としての理性。そして、好きな女性をすべて自分色に染めたいという男としての独占欲。それらが史晶の中で三つ巴の戦いを行った。

そして、時間とともに生理欲求が耐えがたいものになっていく。

（えーい、ままよ）

ギンギンだった男根が、莉緒奈の口内でしぼんでいく。

「っ？」

射精していないのに、男根が縮むというのは女にとって不可解なのだろう。莉緒奈は戸惑った表情を浮かべた。

その美しい眉が、突如、跳ね上げる。

「っ!?」

尿道口から射精とは比べ物にならない液量が、怒濤のようにあふれ出したのだ。

ドボドボドボ……。

莉緒奈の口内からあふれ出した液体が、細い顎を、白い喉を、豊麗な胸元を、くびれた腹部を、まん丸い臍を、形よく整えられた陰毛を濡らす。

しかし、莉緒奈は嫌な顔一つせずに、まるでビールでも飲んだかのように満足そうに奇声をあげる。

「ぷふぁ～……。史晶くんのおしっこ飲んじゃった」

「レオナお姉ちゃん」

感動した史晶は、莉緒奈を無理やり立たせると、背中を向けさせた。

壁に手をつけさせて、後背位で挿入する。

ズボッ！

「ああん」

オナニーで十分にほぐれていた膣穴は、男根をあっさりと呑み込む。

無数のミミズが絡みついてくるようなミミズ千匹オマ×コに酔い痴れた史晶は、小水塗(まみ)れの女体を抱きしめると、ロケットおっぱいを両手で揉みしだきながら男根を全力で叩き込む。

「あんっ、あんっ、あんっ、あんっ」

ただの痴女と堕した綺麗なお姉さんとのセックスは最高に気持ちよく、史晶は荒々しく腰を振った。

しかし、莉緒奈の喘ぎ声があまりにも大きかったので、慌てて腰を止める。

「ちょっと、レオナお姉ちゃん、声が大きすぎ、葉月や香織に聞こえちゃうよ」

いまは勉強の時間である。それなのに隠れてエッチしていたなどと知れたら、気分を害されるだろう。

「わ、わかっているんだけど、気持ちよくて……我慢できない」

涙目になって言い訳する莉緒奈のスラリとした背中、くびれた腹部、そして吊り上がった桃尻。その狭間にある肛門がヒクヒクと痙攣している。

「しかたないな」

ため息をついた史晶は男根を引き抜く。

「あん、ここまでしてお預けなんてイヤ」

莉緒奈は浅ましく腰を突き出して、おねだりしてきた。

その淫らさに魅せられながら、史晶は笑う。

「俺だって我慢できませんよ」

「そ、そう……」

納得してくれたお姉さんの菫色(すみれ)の肛門に、史晶は愛液に濡れた男根を添えた。ただちに事態を悟った莉緒奈は目を剝く。

「ちょ、ちょっとどこに入れようとしているの？」

「アナルだけど、ダメ？」

年下の男に甘えられたお姉さんは、困った表情をしながらも頷いた。

「べ、別に、史晶くんがやりたいなら、入れてもいいけど」

「ありがとう。それじゃさっそく」

史晶はいきり立つ逸物を、力任せに押し込む。しかし、抵抗が激しく、なかなか入らない。

「レオナお姉ちゃん、お尻の力を抜いて」

年下の男の指示に従って、肛門を緩めてくれたのだろう。亀頭が括約筋を突破した。

すると、あとは道なりにズブズブと沈んでいく。

「はぁ〜〜〜」

トイレの壁紙にしがみついた莉緒奈は大口を開け、気の抜けた嬌声とともに背筋を大きくのけぞらせる。

そして、男根は綺麗なお姉さんの肛門内にずっぽりと収まってしまった。

「これがアナルセックス。レオナお姉ちゃんのアナルか」

単なる男根に与えられる刺激という意味なら、膣洞に入れたときのほうが気持ちよかった。しかし、大好きな隣のお姉さんの最後の処女地を奪ったと思えば、精神的に高揚してしまう。

「うぐ〜〜〜」

莉緒奈のほうもアナルを掘られてそれほど気持ちよさそうではなかった。顔を真っ赤にして、アーモンド形の目元からは涙を流している。

罪悪感を覚えた史晶は、ただちに射精することにした。

「レオナお姉ちゃん、いくよ」

突き動かされる欲望のままに史晶は、莉緒奈の肛門の中で射精した。

次の瞬間、男根の押し込まれている穴よりかなり前の穴から、まるでスプリンクラーのように熱い雫がまき散らされる。

(うわ、レオナお姉ちゃん、失禁しちゃった)

トイレに居たのだ。莉緒奈も尿意がたまっていたのだろう。

やがて射精が終わると、莉緒奈は便座の蓋に抱きついて脱力する。

「レオナお姉ちゃん、大丈夫？」

いきなり肛門を掘ってしまった史晶は、申し訳ない気分で初恋の人をいたわる。

「ええ、これでわたし、三つ穴全部、史晶くんに開けられちゃったわね……。あ、そうだ。ここの後片付けはわたしがしておくから、史晶くんは急いでお風呂に行って、おち×ちんをちゃんと洗ってきなさい。お尻の中って細菌がいっぱいだそうよ」

「は、はい……」

言われたとおり、慌てて朝風呂を浴びた史晶は、なにげない顔でリビングに戻る。

静かに勉強していた香織と葉月は、無言のまま史晶の脇腹をつねった。

「いたっ！」

どうやら、勉強の最中に莉緒奈と遊んでいたことは知られていたようである。

＊

「はぁ〜、ギリギリだったけど、これでなんとか冬休みの宿題は終わったわね」

両腕を頭上にあげた香織は、薄い胸を反らして慨嘆した。同じく勉強道具を片付けつつ葉月が質問する。

「昼食はラーメンでいいですか？」

「もちろん、ありがとう」

葉月の作ってくれたラーメンは、市販のインスタントだったが、具として朝の残りのホウレンソウのほか、コーンやメンマやチャーシューが乗っていて、少なくとも史晶が作るものよりも、はるかに手間がかかった代物で、美味しかった。

麺を啜るとき、汁が胸元に跳ねたらしい莉緒奈が悲鳴をあげる。

「アチッ！　ラーメンは裸で食べるものではないわね」

「そらそうだろ」

史晶は苦笑しながら同意した。少なくともラーメンのメーカーは、裸で消費されたときのことを想定していないだろう。

「さて、午後はなにをしようか?」

慎重に食事を終えた莉緒奈の言葉に、香織と葉月が、チラリと史晶のほうを見る。

午後の予定は特に決めていなかった。人間、なにかと雑事に追われるものだが、本日はなにもなかったようで、三人とも手持ち無沙汰のようだ。

淫乱女たちの視線の先で逸物は相変わらずギンギンであった。しかし、史晶は恐怖して叫ぶ。

「おまえら、これからずっとセックスしようなんて考えてないだろうな。死ぬから!さすがに死ぬからな! 夜にしようぜ、最後の夜ってことですっごいやつ!」

肩を竦めた香織は鼻で息を吐く。

「やれやれ、こんないい女を三人もセックス奴隷にして飼っているのにだらしないわね。というか、もうすでに今日も何回か出しているみたいだけど」

「あはは……」

香織にジト目を受けた莉緒奈と葉月は、照れ笑いを浮かべる。

「まぁいいわ。溜まっていてくれたほうが楽しいしね。史晶、夜はすごいのやってくれるのね」

「あ、ああ、そりゃ、最後の夜だからな。おまえら全員、足腰立たなくしてやるぜ」

史晶が精いっぱい見栄を張ると、莉緒奈が歓声をあげる。

「それは楽しみ、期待しちゃうわよ」

ツインテールを揺らして香織は、肩を竦める。

「しかたないなぁ。それじゃお楽しみは夜まで取っておくってことで、映画でも観ようか？」

「そうだね」

香織の提案に従ってリビングのテレビを点けると、ネット配信のドラマを物色する。

「これなんていいじゃない。話題作だし」

「ああ、俺も聞いたことがある」

香織が選んだアニメの鑑賞会となった。全十二話。オープニングやエンディングを飛ばせば、一話二十分ぐらいだろう。午後いっぱいで観るにはちょうどいい。

さすがに話題作は伊達ではなく、なかなか面白かった。

みな夢中になってみていたが、裸の美女美少女たちと同じ部屋にいるせいで、逸物はギンギンにそそり立ったままだ。

不意に立ち上がった香織は、ソファに座った史晶の前に来る。

「なんだ？　そこに立たれると画面が見えないだが……」

「あたしはここに座るわ。史晶、椅子になって」

戸惑う史晶に背を向けた香織は、すっきりとした小尻を突き出すと、そのまま腰を下ろしてきた。

「あっ」

ズボリ。いきり立つ男根は、あっさりと香織の体内に呑み込まれる。

カズノコ天井オマ×コは、すでに中までしっとりと濡れていた。

「あ、香織ちゃん、抜け駆け」

莉緒奈に見とがめられるも、香織は悪びれずに応じる。

「ドラマを観ているだけなら、どこに座って観ても同じじゃん」

「そんな理屈が……」

史晶の反論を、香織は封じる。

「なんか手持ち無沙汰だから入れているだけよ。別にセックスしたいわけじゃないから、動かなくてもいいわ」

「あ、ああ……まぁ、そういうことなら」

もはや挿入してしまっているのに邪険にするのは気が引ける。それに今日はすでに葉月と莉緒奈とはやっているのに、香織とだけやっていないのだ。
史晶は受け入れたのを見た莉緒奈と葉月も動く。
「もう、それなら、わたしも」
「わたしもです」
史晶の右側面に莉緒奈が、左側面に葉月が腰を下ろし、身を寄せてきた。
おかげでロケットおっぱいと大福おっぱいに頬を挟まれたかたちだ。
（人の体温って意外とあったかいんだよな。まるで湯たんぽに包まれているみたいだ。
それに香織のオマ×コ気持ちい……）
この状態で、アニメ鑑賞を続ける。
膣洞に男根を入れて抽送運動をすれば気持ちいい。しかし、ただ挿入しているだけ
でも十分に気持ちよかった。
特に亀頭部の周りに絡みつく、ブツブツとした襞肉が凶悪だ。
最初に宣言したとおり香織は腰を動かそうとはしなかった。しかし、その体内が静
止しているというわけではない。膣壁がビクンビクンとさまざまな脈動を起こす。
（ヤバ、ち×ちん溶けそう。しかし、このアニメ面白いな。まさかこんな展開になる
とはね。ここからどうすんだよ）

香織の頭越しに見るアニメに引き込まれながらも史晶は、葉月と莉緒奈のくびれた腰を抱き寄せると、映画館で観るときに食べるポップコーンのような感覚で、ロケットおっぱいと大福おっぱいの先端を舐め楽しんだ。

そうこうしているうちに、アニメ全十二話の上映会は終わった。

莉緒奈が感動の声をあげる。

「わたし、アニメってあんまり見たことなかったんだけど、見てみると面白いわね」

「はい。とっても楽しかったです」

「ああ、さすが話題作ってやつだな」

莉緒奈、葉月、史晶は大満足でそれぞれ感想を言い合う。

「わたしは、そろそろ夕飯の支度にかかりますね」

「ああ、よろしく頼む」

男の唾液で乳首を濡らしている葉月は、史晶の左側面から離れて台所に向かった。

残った莉緒奈は、史晶の右側面に抱きついたまま悪戯(いたずら)っぽく提案してくる。

「ところで史晶くん、そろそろ香織ちゃんを許してあげたら」

「えっ、そういえば静かだな？」

賑やかな性格の香織が、ドラマに見入っていたのか、まったくツッコミやチャチャを入れることなく静かにしていた。

「もしかして、寝ちゃったか？」

史晶は存分に楽しんだが、選んだ香織は寝落ちするほどつまらなかったということだろうか。香織の反応を促そうと史晶は、背筋を指先でスーッと撫で下ろした。

「ひぃ!?」

体内に男根を咥えていた香織は、ツインテールを跳ね上げて素っ頓狂な声をあげた。

その顔を覗き込んだ莉緒奈が気の毒そうな顔をする。

「うわ～……。香織ちゃんの顔、すごいことになっちゃっているわよ。完全にでき上がっちゃっているわね」

約五時間にわたって男根を挿入されていた香織は、かなりの欲求不満になってしまっていたようだ。

背後にいる史晶からは見えないが、どうやら香織はそうとうに酷いアへ顔をしているようである。

「これは一発やらないと収まりがつかないでしょ。史晶くんこの欲求不満な雌猫を満足させてあげない？」

「そうだな、俺も出したいと思っていたんだ」

史晶もいまさらながら、男根が限界だったことに思い至った。しかし、それほど切実に出したいと思わなかったのは、今日すでに二発出していたからだろう。

一方の香織のほうは、本日はまだ一度も満足していないのだ。それなのに男根をただ、膣洞に収めているだけというのは、凄まじい焦らし効果があったのだろう。

そこで史晶は、香織の細い腰を抱くと激しく上下させてやる。

「あん、気持ちいい、気持ちいい、気持ちいい」

ツンデレ娘もこうなってはデレしかない。

後背の座位で身体を上下された香織は、いつもの生意気さなどまったく感じさせない理性をまったく失った牝声を張り上げて喜んだ。

「うふふ、かわいい。わたしも手伝ってあげちゃう」

悪戯っぽく笑った莉緒奈は、香織の前に回ると、その乳首を舐めたり、陰核を舐めたりと入念な愛撫を始める。

「あ、史晶のおち×ちん入れられた状態でいまそれやられたら、ああん、感じすぎちゃうから〜〜〜」

「いいのよ、いっぱい感じちゃいなさい。イキ狂っちゃいない。香織ちゃん絶頂するところ見ていてあげる」

優しく促した莉緒奈は、両手で肉袋を持ちながら、男女の結合部の陰核をペロペロと舐めだした。

「ダメ、もう、イク、イク、イク、イッちゃう。独りでイクのイヤ！　史晶、お願い、いっしょにいっしょにイッてぇぇぇ！」

「くっ、俺もぉぉぉぉ」

ドビュッ！

淫乱ツンデレ娘の要望に応えて史晶は本日三発目の射精を、香織の体内で行った。

「ひぃぃぃ、入ってくる。入ってくる。史晶のザーメン、ビュービュー子宮にかかってる。気持ちいい〜、イック〜〜〜……！」

ハーレムセックスに慣れてしまった女は、男根を挿入された状態での女の愛撫を受けて、半ば失神したように倒れ込んでしまった。

＊

「いやはや、これじゃ一日に、ち×ぽがオマ×コの中に入っている時間のほうが、入っていない時間よりも長くなっちまうんじゃないか？」

夜に頑張るからと自粛するといったのに、結局、昼間っから三発もやってしまった史晶は、あまりにも誘惑の強すぎる環境にため息をつく。

そんな感慨とは関係なく、日が暮れて、葉月の用意してくれた最後の晩餐をいただいたあとは、みな風呂に入り、身を清めてから史晶の自室に集まってきた。

「さぁ、約束どおり頑張ってもらうわよ」

寝台に乗った三人の痴女たちは、当然のように、素っ裸だ。

「いや、でも、結局、今日も一日、やりまくってなかったか？」

三人の裸婦に気圧(けお)された史晶の頰に冷や汗が流れる。

「それはそれ、これはこれよ」

本日、アナル処女を卒業した莉緒奈がうそぶく。

「そうそう、今夜は史晶がすごいことすると言ったから、期待していたんだからね」

夕食前には失神するかのように絶頂した香織が詰め寄る。

「そうです。そのために今晩はニンニクたっぷり餃子にしたんですよ。精力は回復しているはずです」

葉月まで、やる気満々で怖いほどである。

「わかった、わかった。みなさまのご期待に添えるように頑張ります」

史晶はやけっぱちに応じる。

「そうだな。まず手初めに、レオナお姉ちゃん、そこで仰向けになって股を開いて、その上で香織が仰向けになって股を開き、さらにその上で葉月が仰向けになって股を開く」

史晶の指示に従って、三つの女体は寝台の上で三段に重なった。一番下の莉緒奈が悲鳴をあげる。

「これでいいの？　ってちょっと重い」

「少しだけ我慢していてください。それではいきますよ」

史晶は三人の股の間にしゃがみ込むと、三つの縦に並んだ女性器を一つの女性器に見立てて豪快に舐めまわす。

「ああああん、さすが史晶くん、次から次へとエッチなことを思いつくわね」

莉緒奈は官能の声をあげる。

「ほんと、ドスケベで変態なんだから」

中段の香織は嘆いた。

「でも、スケベなところも、魅力的だと思います」

最上段の葉月は、なんの苦痛もなく単に快感だけを味わっている状態なので、肯定